新潮新書

碓井広義 編
USUI Hiroyoshi

倉本聰の言葉

ドラマの中の名言

853

新潮社

創るということは
遊ぶということ
創るということは
狂うということ
創るということは
生きるということ

——倉本　聰

はじめに

ドラマの「脚本」を形づくる、主な構成要素は三つだ。「柱（はしら）」、「ト書（が）き」、そして「台詞（せりふ）」である。

柱は、その場面（シーン）が昼なのか、夜なのかといった「時間」や、何処（どこ）で展開されているのかという「場所」を指定したものだ。たとえば、「シーン6　上智大学7号館入り口（朝）」などと書く。

ト書きは、登場人物の動きや置かれている状況を説明するためにある。その呼称は、たとえば、『「おはよう」と言いながら花子に駆け寄る太郎』の「と」から来ている。「おはよう」までは台詞で、「と」以下がト書きだ。最後の要素、台詞については説明するまでもない。劇中の人物たちが口にする、すべての言葉である。

小説であれば、登場人物がどんな人間で、どのような状態にあるかはもちろん、その心理も含め、あらゆることを自由に書くことが出来る。それに比べると、ルールに則(のっと)り、柱とト書きと台詞だけで表現する脚本は、一見かなり不自由で、同時に制約があることで逆に自由だったりする創作物だ。

三要素の中で最も重要なのは台詞である。なぜなら、台詞が物語を駆動させていくからだ。誰が、どんな状況で、誰に向かって、何を言うのか。台詞は、たとえたったひと言であっても、物語の流れを変えたり、ジャンプさせたり、場合によってはドラマ全体に幕を下ろしたりする力を持っている。

台詞の中に、そんな「言葉の力」が凝縮されているのが、倉本聰の脚本だ。いわゆる「説明台詞(せつめいぜりふ)」など皆無であり、あらゆる台詞に背景がある。言葉の奥に、それを語る当人の見えざる過去があり、進行形の現在がある。その場面、その瞬間、その台詞を言わねばならない必然がある。しかも、架空の人物たちである彼らが語る言葉に、現実を生きる私たちをも揺さぶる、普遍的な真実が込められているのだ。

この本では、倉本が六十余年にわたって書いてきた膨大な数の脚本から、時代を超えて輝き続ける言葉を選び出した。まさに「ドラマの名言」として集大成したものだ。これらは、ある物語の、ある場面で言われた台詞であるにもかかわらず、読む人それぞれが自由に受け取り、好きなように解釈し、自分の人生に生かしていくことが可能な言葉ばかりだ。それが倉本脚本であり、倉本ドラマなのである。

本来、ドラマの台詞は役者が口にするのと同時に消えていく。それが宿命だ。あるものは見る側の記憶に残るかもしれないが、メモでもしておかなければ、時間の経過と共にその印象も薄れていくことが多い。

幸いなことに、かなりの倉本作品が書籍化されている。実は、ドラマの脚本を本という形で世に出したのは倉本が最初だ。１９８１年の『北の国から』（理論社刊）である。それまでドラマ制作の現場で、収録が終われば当たり前のように捨てられていた脚本が、「シナリオ文学」として読者のもとに届くようになったのだ。

本書では、単行本化されている倉本脚本のみを扱った。新刊書店や、ネットを含む古書店で入手できるものもあれば、図書館でしか読めないものもある。しかし、それでもここに掲載された全作品を、実際に手に取って読むことが可能だからだ。

選んだ台詞は400におよぶ。それを全7章、18項目に分けてある。出来るだけ自由に台詞と出会い、自分に引き寄せて味わって欲しいと考え、作品情報は最小限にとどめた。巻末の掲載作品一覧を参照していただきたい。

もしも、この本の中に、「自分にとっての名言」を一つでも見つけていただけたら、編者としてそれ以上の喜びはない。

雁井　広義

倉本聰の言葉——ドラマの中の名言　目次

第1章

人生は、アップで見れば悲劇だが、ロングショットでは喜劇である

倉本聰のシナリオの中から、人間、生き方、そして人生といった視点で名言を選んだ結果、最も多く採録したのは『文五捕物絵図』（ＮＨＫ、１９６７〜68年）だった。ニッポン放送を退社してフリーとなった倉本が、複数の脚本家たちと競い合うように書いたドラマであり、その名前が注目された記念すべき一本だ。また、単行本化されているシナリオの中で最も古い作品の一つでもある。

当時、現代劇には社会的テーマや表現の面で制約が多かったが、時代劇はかなり自由だった。江戸の岡っ引きである文五（杉良太郎）を通じて、倉本は現代とも重なる普遍的な人間の姿を生々しく描いている。「人と人とが信じ合わなくなったらこの世は何と暗くなることか」と嘆く文五の言葉は、格差社会、分断社会といわれる、生きづらい現代社会とそこに生きる私たちに対する警鐘にも聞こえる。

この時、倉本は32歳。人間を見る透徹した目がすでに具わっていたことに驚く。それから半世紀以上も書き続けている倉本だが、どうしようもない弱さや醜さも含め、「愛すべきもの」として人間を捉える姿勢は今も変わらない。

その象徴の一つが、『やすらぎの郷』(テレビ朝日、２０１７年)の主人公、ベテラン脚本家の菊村栄(石坂浩二)に言わせたセリフだろう。「〝人生は、アップで見れば悲劇だが、ロングショットでは喜劇である〟と、チャーリー・チャップリンが云っている」。

このチャップリンの言葉こそ倉本自身の創作の指針であり、人生哲学でもある。

1　人を許せないなンて傲慢だよな——人間とは

諦められるのは人間の特権であり、諦めることはある時人間の義務になる。な。

71年『2丁目3番地』石上良元（佐野周二）

頭で物事がわかったって、現実に即してダメだったら学問なンて意味ねえでしょうが。

78年『浮浪雲』浮浪雲（渡哲也）

イヤなことしてるな。こういうとこが、オレにはあるンだな。ある。うン。昔から、ずっと、——あったような気がする。

89年『北の国から'89帰郷』黒板五郎（田中邦衛）

いやなことだって想い出してよ！

83年『北の国から'83 冬』沢田妙子（風吹ジュン）

お前の汚れは石鹸で落ちる。けど石鹸で落ちない汚れってもンもある。人間少し長くやってりゃ、そういう汚れはどうしたってついてくる。

95年『北の国から'95 秘密』黒板五郎（田中邦衛）

おいら人間ができてねえから、ちょくちょく腹を立て、つい顔に出らあ。いつも心で詫びているのよ。

67～68年『文五捕物絵図』文五（杉良太郎）

かくすってことはお互いに不信感を招く。人がいっしょに暮らしていながら、お互いが信用できなくなったら——淋しいことだと思わないかね。

90年『失われた時の流れを』手島修平（中井貴一）

結局人間最後は一人ですよ。自分のまいた種は自分で刈らなきゃ、人の力でなンかどうにもならない。

79年『たとえば、愛』高井五郎（津川雅彦）

前略おふくろ様。勉強をしました。人間はいくら齢をとっても、かなりケチなことにコダワル生き物で。そういう時は自意識を捨ててピシャッと早いとこ謝っちゃえば事態はモツレズにすむわけであり。

76〜77年『前略おふくろ様Ⅱ』片島三郎（萩原健一）

そういう人って、必要なのよ世の中に。厳しい人がいなかったら、世の中どんどん駄目になるもの。

05年『優しい時間』湧井めぐみ（大竹しのぶ）

そうさ。もろいさ。人の関係なンて。何か一か所が崩れたら最後、とことんボロボロになっちまうの。そういうもンだよ。当り前だよ。

77年『あにき』滝本桐子（倍賞千恵子）

だいたい、人をことばで傷つけようなンて、ぜったいしちゃあいけないことよ。けがした傷ってすぐ治るけど、——ことばで受けた傷はなかなか治らないわ。それに——。あとでかえって自分が傷つくもの。だからいけませんそういうこと考えちゃ。

81〜82年『北の国から』宮前雪子（竹下景子）

動物たちの住んでるところに後から勝手にはいって来たくせに、人間はずいぶんひどい残酷な生き物で。

81〜82年『北の国から』黒板純（吉岡秀隆）

二十年近く人間やってりゃ、誰だっていいたくない過去くらい持ってるよ！

95年『北の国から'95 秘密』北村アイコ（美保純）

人間的でないのはおれはきらいだ‼

70年『君は海を見たか』坂上部長（内藤武敏）

人には誰しも話し相手が必要だ。

17年『やすらぎの郷』菊村栄（石坂浩二）

人はそれぞれ悲しいときに――、悲しさを表す表し方がちがう。

81～82年『北の国から』黒板五郎（田中邦衛）

人を許せないなンて傲慢だよな。

81～82年『北の国から』黒板五郎（田中邦衛）

悲しむって言葉はね、――辛いって気持も勿論ありますが、元々、愛しいっていう意味なンです。いとしい、――愛する、――大好きなこと。みんな同じ言葉の意味です。

08年『風のガーデン』白鳥貞三（緒形拳）

先生がいったわ。ウソはある時は倖せを保つ人類最大の発明であるって。

95年『北の国から'95 秘密』黒板螢（中嶋朋子）

人には、それぞれ――、あるンだしさア。人はさ。誰だって真剣ですよね。ガタガタまわりでいうやついるけどさア、そんなやつ私は――認めたくないよ。

79年『祭が終ったとき』北林いつか（桃井かおり）

仲間は、ある意味で肉親以上だ。友情はすべてに先行する。

67～68年『文五捕物絵図』文五（杉良太郎）

2　神様にだけは背きたくない——生き方とは

アレだな。大事なものは、——本当に大事なのは、——金や、事業や、——そんなもンじゃねえな。

77年『あにき』甲田（織本順吉）

いきなり山のてっぺんを見ちゃいけない。人は誰でも山頂をすぐ見る。でも——。山頂に達するのには、山裾の長さを歩かなくちゃいけない。

86年『ライスカレー』坂本明（陣内孝則）

今のお前さんは弱虫で卑怯だ。自分一人のしあわせのためなら、他人のことは見て見ぬふりだ。そんなのは人じゃねえ、ちがうかえ。

67〜68年『文五捕物絵図』文五（杉良太郎）

お前はどうなんだよッ。考えてんのかよッ。いや考えるじゃなくて何かやってるかよッ。何一つ解決してないじゃないかッ。

74〜75年『6羽のかもめ』清水部長（中条静夫）

おれは今までずっとそうなンだ！——面倒なことから年中逃げて、——向かおうとしないで黙って避けて——、そうやってずっと——生きてきたンだ。そういうやり方——もういやなンだ！

02年『北の国から2002 遺言』黒板純（吉岡秀隆）

金があったら金で解決する。金がなかったら——智恵だけが頼りだ。智恵と——、自分の——、出せるパワーと。

昨日はありがとう。うれしかったよ。流れにさからってもしかたない。流れのままに流れて生きるよ。

92年『北の国から'92 巣立ち』黒板五郎（田中邦衛）

心をあらためて堅気ンなったもンが、いつまでも昔をほじくられちゃあ、よくなる者まで悪くなっちまう。

80年『さよならお竜さん』小泉（池部良）

ゴメンナサイだけど——うまくいえないけど——人はきっと——誰かのために何かすることと——誰かに何かをされる立場と——その両方を比較したなら——する立場のほうがいいと思うのね。——される立場は辛いと思うのね。

67〜68年『文五捕物絵図』文五郎（東野英治郎）

80年『機の音』小谷夕子（大竹しのぶ）

正直に生きろよ。自分に正直に。

86年『ライスカレー』坂本明（陣内孝則）

そばにいる人間を少しでも疑う、——お前らの心を俺は憐れんでいる。

72～73年『赤ひげ』新出去定（小林桂樹）

それまでぼくは借金の返済を、金のことだけで考えていた。だけど——金のことはもちろんとして——それ以前の心の、——誠意の問題があったンだ。

02年『北の国から2002遺言』黒板純（吉岡秀隆）

愉しくないといったん思ったら、何もかも愉しくなくなっちゃうわよね、でも——、ちょっとしたことに生き甲斐ってあるのね。ほんとに小っちゃな、——ちょっとしたことに。

71年『ひかりの中の海』三上文子（白川由美）

ダメだよ、生きねば。――ダメなんだから。

75年『うちのホンカン』河西公吉（大滝秀治）

何事も二度目からは始められないわ。

80年『さよならお竜さん』伊藤純子（岩下志麻）

卑怯じゃない。自信がないだけだ。自信のない約束をするほうが卑怯だ。ちがうか。

81～82年『北の国から』吉野信次（伊丹十三）

人が信じようと信じまいと君が見たものは信じればいい。

81～82年『北の国から』黒板五郎（田中邦衛）

人がどういおうと、しり馬にのって他人の悪口をいうもンじゃありません。自分がちゃんといっちょ前になって。――人の批評はそれからにしなさい。

81～82年『北の国から』黒板五郎（田中邦衛）

人の考えは日に日に変ります。人間は矛盾の生き物です。

78年『浮浪雲』浮浪雲（渡哲也）

人には通すべき筋ってもンがある。

77年『あにき』神山栄次（高倉健）

人は信じ合って生きていくものだ。人と人とが信じ合わなくなったらこの世は何と暗くなることか。

67～68年『文五捕物絵図』文五（杉良太郎）

人を傷つけるって傷つけたことより、何倍も自分を傷つけちゃうもんね。傷つけられるほうがよっぽど楽だよね。

90年『火の用心』大原かき（桃井かおり）

昔、ある人がオレに言ったよ。法律に背くのは恐くない、けど――、神様にだけは背きたくない。

75〜76年『前略おふくろ様』村井秀次（梅宮辰夫）

私ってさア、すごく照れ屋なのよね。だから、よいなって人の前に出ちゃうと――二枚目できないのよ。三になっちゃうのよ。よく見せようと思うことってさ――どういうの？　手口って感じするでしょ？

79年『たとえば、愛』山口リスコ（桃井かおり）

〃私は、どんな人間にも人それぞれに小さな人生があり、夢があり、その夢が小さければ小さいほどキラリと光る美しいものであることを、生涯信じて生きてきた者です〟

79年『たとえば、愛』九条冬子（大原麗子）

私は人に物を頼むのがきらいです。だから人からも頼まれるのはいやです。

67〜68年『文五捕物絵図』おれん（村松英子）

罠はるくらいなら罠にかかりたい。

79年『たとえば、愛』山口リスコ（桃井かおり）

悪口ってやつはな、いわれてるほうがずっと楽なもンだ。いってる人間のほうが傷つく。被害者と加害者と比較したらな、被害者でいるほうがずっと気楽だ。加害者になったらしんどいもンだ。だから悪口はいわンほうがいい。

98年『北の国から'98 時代』黒板五郎（田中邦衛）

一つ。ツキなど当てにするな。一つ。ツイテル奴の、なるべくそばにいて、そのおこぼれにあずかるよう努めろ。一つ。ツイテナイ時はツイテナイと呟き、自分の運命を確認しろ。一つ。ツカナイことは、男の恥ではない。一つ。どうせツカないのなら、大志を抱くな。一つ。ツイテル奴を羨（うらや）まず、ツカずとも進む、自分を誇れ。一つ。もし、今ツイテル、と感じたら、危険が迫ってる印だと思え。一つ。うまく行かないのが人生だと思え。一つ。夢とか希望とかは無理だと思え。一つ。地球の隅っこで、フニャフニャと生きろ。

19〜20年『やすらぎの刻〜道』根来公平（風間俊介）

3 きっとまた、逢える——人生とは

世の中にはもともとツイてるやつとツイテネエやつの二種類がいて、うちの家系はついてねえ家系なンだ。さからったってしょうがねえ。

87年『北の国から'87 初恋』チンタ（永堀剛敏）

なあ文さんよ。人の古傷はそっとしといてやりてえもンだねえ。

67〜68年『文五捕物絵図』文五郎（東野英治郎）

あこがれることが、いいのか、悪いのか。それをおさえるのが正しいことなのか。若者たちには、そこまではわからない。

ある人生で知合った者同士は、次の人生でも寄りたがるンです。

67～68年『文五捕物絵図』文五（杉良太郎）

90年『火の用心』野中捨吉（ガッツ石松）

結局お兄ちゃん、青春は矛盾だよ。矛盾だらけでいいンだと思う。うン。カッコなんか悪くていいじゃないか。ネ？

76～77年『前略おふくろ様Ⅱ』岡野海（桃井かおり）

きっとまた、逢える。

90年『火の用心』大口トキ（一の宮あつ子）

原風景ってのは最後に自分の帰って行く、——帰り着きたい最終の景色だってことじゃないですかね。人生何やかや色々あっても、結局我々はあの景色の中に、最後は歩いて行くンじゃないですかね。

19〜20年『やすらぎの刻〜道』水沼六郎（橋爪功）

人生は時々、凄くすてきです！

07年『拝啓、父上様』田原一平（二宮和也）

人生最後の、誰かに宛てた手紙。それを書くなら誰に書きたいのか。遺言でもなく、己れの後始末のことでもなく。説教めいたことを云うのでもなく、先輩ぶったことを云うのでもなく。ただ愛するものに自分のことを。自分が如何にその人に助けられ、その人の存在で人生を全う出来、その人あって自分は生きられたかという。――結局それは自分にとっての、最後にして究極の愛の手紙になるのか。そういう手紙を差し出す相手が、自分にとって果して今いるのか。

17年『やすらぎの郷』菊村栄（石坂浩二）

青春とはいったいどんなものだ？――それは、一度だけ燃え上がる季節。狂喜し、笑い、つまずき、絶望し、心の底まで傷つく季節。

67〜68年『文五捕物絵図』文五（杉良太郎）

人は――この世でいいことがなくても、どっかでちゃんと神様が見ていて、生まれかわった時その分きっと、いい目見ることができるンだって。

77年『時計』しお（桃井かおり）

山に登るとき、山裾はめちゃくちゃに長いものです。けど、その道を通らずいきなり山頂へ行くことはできません。

86年『ライスカレー』藤田啓一（寺田農）

世の中いろいろ――厳しいもンだ。行くところがあるってのはしあわせなことだぜ。

75〜76年『前略おふくろ様』村井秀次（梅宮辰夫）

世の中には、勝つことより敗けることの方が難しい人生もある。

08年『風のガーデン』白鳥貞三（緒形拳）

わしらの地図は、ちがっとったンじゃろう。

76年『幻の町』木山公作（笠智衆）

私には私の人生があるわ。私がどこで暮らそうとそれは――人からとやかくいわれることじゃないわ。

81〜82年『北の国から』宮前雪子（竹下景子）

〝人生は、アップで見れば悲劇だが、ロングショットでは喜劇である〟と、チャーリー・チャップリンが云っている。

17年『やすらぎの郷』菊村栄（石坂浩二）

第*2*章　男の顔は履歴書、女の顔は請求書

倉本聰は俳優や女優たちと徹底的につき合ってきた脚本家だ。特に自分の作品に出てもらう役者たちについては、その人間性はもちろん、口調やしぐさの癖まで熟知した上でないとペンを執らなかったと言う。「シナリオは役者へのラブレター」というのが持論だ。

そして一旦執筆に入れば、倉本はシナリオの中で、ある時は妙齢の女性となり、ある時は頑固な老人へと変身する。男の気持ち、女の思い、さらに男女の機微にも、絵空事ではないリアルな情感が込められていく。それは倉本の役者に対する「疑似恋愛」の成果だ。『拝啓、父上様』（フジテレビ、2007年）で、作家役の奥田瑛二に言わせたセリフ「恋だけは年中しようとしてます。それがなくなったら終りだという気がしてね」

は、今も静かなる〝男の色気〟を漂わす、倉本自身の密かな信条かもしれない。

同時に、女の愛しさと怖さを熟知しているのもまた倉本だ。35歳の時に書いた、『わが青春のとき』（日本テレビ、１９７０年）では、ヒロインの樫山文枝がこんな告白をする。「男は知りません。女は、ある時、人を恋したら、仕事も、使命も、道徳も、社会も、何もかも投げうつことができるものだと」。

面白いのは、「女性の前に出ると少年に戻ってしまう」と倉本自身が語っていることだ。12歳以上の女性は全て「お姉さん」に見え、自分が見透かされたような気分になると照れたように笑う85歳。この奇跡の純情があるからこそ、倉本ドラマの男も女も魅力的に映るのだろう。

1　一生懸命やればやるほど——男とは

男が真実を語るときには、必ず覚悟が必要だからですよ。

78年『浮浪雲』浮浪雲（渡哲也）

男ってどうしてちっちゃいことに、命かけるみたいにこだわるンだろう。だけどさ栄次さん、そこなンだよネ。そこが男のステキなとこなンだよネ。

76～77年『前略おふくろ様Ⅱ』岡野海（桃井かおり）

男ってのはな。一生懸命やればやるほど、どっかでつじつまが合わなくなるンだ。

79年『たとえば、愛』工藤六助（原田芳雄）

男ならちゃんと自分のしたことに、責任だけはとりなさい!! 自分の心を裏切るのはやめなさい！

90年『火の用心』神代平吉（木梨憲武）

男なンて一種の赤ちゃんですもの。オッパイなしには生きてけないのよ。

75年『あなただけ今晩は』秋子（岸田今日子）

男にいたわりは不用です。それは――かえって――恥ずかしめることです。

75年『うちのホンカン』河西公吉（大滝秀治）

男にはだれだって、何といわれたって、戦わなきゃならん時がある。

89年『北の国から'89 帰郷』黒板五郎（田中邦衛）

男はペラペラしゃべるもンじゃなかろうが。

83年『波の盆』山波公作（笠智衆）

男は見栄で生きてるもンだ。いくつになったって男は見栄だ。男はだれだっていたわられりゃ傷つく。それが男だ。本当の男だ。

87年『北の国から'87初恋』北村草太（岩城滉一）

オレと同じこと何かやっても、お前のは愛嬌になりオレのはイヤミになる。持って生まれた人間の宿命だ。

76〜77年『前略おふくろ様Ⅱ』政吉（小松政夫）

オレはそんなにやさしくなンかないよ。やさしく見えたなら、それはオレがずるいからだよ。

17年『やすらぎの郷』菊村栄（石坂浩二）

俺は全く——ダメなやつだ。しかし所詮は——こんなもンだ。

71年『2丁目3番地』石上平吉（石坂浩二）

オレは本当に古い人間だ。時々自分でもあほらしくなるよ。けどな——オレがもし自分からそこンとこを捨てたら——。本当に何もない——馬鹿みてえなもンだ。そこだけを支えに生きてるンだたぶん。

77年『あにき』神山栄次（高倉健）

女口説くのにウソはいけねぇよ。

19～20年『やすらぎの刻～道』荒巻三次（眞木蔵人）

女に惚れていけなけりゃア、生きてる意味アねえンじゃねえですか？

78年『浮浪雲』浮浪雲（渡哲也）

気にするな。センスの悪さは犯罪にはならねえ。

98年『北の国から'98 時代』笠松正吉（中澤佳仁）

恋だけは年中しようとしてます。それがなくなったら終りだという気がしてね。

07年『拝啓、父上様』津山冬彦（奥田瑛二）

挫折は俺にとって日課だからな。

71年『2丁目3番地』石上平吉（石坂浩二）

好きな人を盗られて黙ってひっこんでるそういう男は男って思わない。

90年『火の用心』大口アミ（後藤久美子）

先生、私は――学のない男です。私の周囲も、だいたい似たりよったりです。けど

——十二年つれそった、てめえの女房の悪口を赤の他人にいうようなやつア、——まわりに一人もいないです。たとえ女房が悪くてもです。そういう人を私——どういいますか——。男として私——認めないです。

77年『あにき』神山栄次（高倉健）

それでもやっぱり男は男だから、——金はなくなったって誇りってもンはある。いや、金がねえ分だけ誇りってもンがある。

74～75年『6羽のかもめ』ショックの定（室田日出男）

大なり小なり男はみんな、仕事についてはエゴイストなンじゃないかな。

70年『君は海を見たか』坂上部長（内藤武敏）

同情されたって傷つくだけなンだよな。もしかしたらそれは子どもっぽいことかって、ずっと永いこと思ってきたけど——、そうじゃなくてそれは男である以上、——ずっと一生続くンだと思うンだ。しかもそれは結構男にとってはさ。どういうか。かけがえのない──大事なものでさ。

92年『北の国から'92 巣立ち』黒板純（吉岡秀隆）

同情ってやつは男には──つらいんだよ。

81〜82年『北の国から』黒板五郎（田中邦衛）

どう見たってぼくは極端にダサかった。ダサイかダサクないかってことは、勉強や仕事やそんなことより、ぼくの年頃には大問題だったンだ。

89年『北の国から'89 帰郷』黒板純（吉岡秀隆）

何てったってコノ、男ってやつアどういうか、立ち直りが早いから。

75年『あなただけ今晩は』茂吉（瀬川菊之丞）

ねえお嬢さん、ダメなんだ男は。辛いこと、苦しいこと、泣きたいこと、いっぱい――男の世界にゃア年がら年じゅうだ。そん中で必死に生きてるんでやんしょう? ネッ?――じいっと耐えてさ。そうなんでやすよ。だから。だからねお嬢さん――こりゃア決して助平でなく、――やさしい女が必要なんでさ。

75年『あなただけ今晩は』茂吉（瀬川菊之丞）

一つだけ約束して欲しいの。男の人って夢があるでしょう? 小さな夢だけもってて欲しいの。

79年『祭が終ったとき』庄司マリコ（萩尾みどり）

病気は治るけどクセは治りませんッ。あんたの女好きはクセだから治りませんッ。

08年『風のガーデン』小玉エリカ（石田えり）

〝見栄をはるのも男の道よ〟――ってね。

世の中をあんまり甘くみちゃいけません。それに女を利用するのもだ。

17年『やすらぎの郷』高井秀次（藤竜也）

80年『さよならお竜さん』小泉（池部良）

れいちゃんのようには愛していなかった。愛していないのに逢うことは望んだ。

92年『北の国から'92 巣立ち』黒板純（吉岡秀隆）

ロマンチックじゃない人間なンて――どういうか――人として――信用がならないンだよナ。

76〜77年『前略おふくろ様 II』岡野海（桃井かおり）

2　母親だったり、妻だったりする前に——女とは

あなた、そのことが頼みたくて、さっき私にやさしくしたの？——それでもいいのよ。

73年『ガラス細工の家』加納美子（木村菜穂）

いいとか悪いとかそれはべつとして——お前の勇気は、——おれには眩しすぎ。

95年『北の国から'95 秘密』黒板純（吉岡秀隆）

男なんてもともと、勝手なンだから。こっちが命がけでついてかなかったらいつまで——た——。

72〜73年『赤ひげ』およう（緑魔子）

男にとっては誕生日にすぎないもンが、女性にとってはお誕生日なンです。この二つはどうも、厳然とちがうらしいン。

19～20年『やすらぎの刻～道』水沼六郎（橋爪功）

男の人は――仕事があるから――だけど女は――関係ないのよ。――相手の仕事が、どんなものだって。

76年『大都会　闘いの日々』三浦直子（篠ヒロコ）

男は知りません。女は、ある時、人を恋したら、仕事も、使命も、道徳も、社会も、何もかも投げうつことができるものだと。

70年『わが青春のとき』加島美月（樫山文枝）

女ってそんな――簡単じゃないわ。口でいうことと、心にあることと――。

75年『あなただけ今晩は』三上夕子（若尾文子）

女ってな子供でも強いからねぇ！　いざとなったら何でもやっちゃう。

19〜20年『やすらぎの刻〜道』真野六郎（ミッキー・カーチス）

女ってものぁ、バカほどいいんで。へい。バカは女の最大の美徳でやす。

75年『あなただけ今晩は』茂吉（瀬川菊之丞）

女はみんな待ってるンだよ。いいと思ったら押しの一手だね。

98年『北の国から'98 時代』笠松みどり（林美智子）

母さんに昨夜教育されたの。女は男のいうことを疑ったりしちゃいけません。信じられないと思った時でも、表面は信じたフリしてあげなさい。それが女のやさしさですって。

76〜77年『前略おふくろ様 Ⅱ』竹内冬子（木之内みどり）

学校なンか出なくったって、いい女にはなれるんだから。元気を出しなさい。

76〜77年『前略おふくろ様 Ⅱ』竹内かや（八千草薫）

きれいな指してる男の人見ると——ダメなのよ私、何だかそれだけで。

75〜76年『前略おふくろ様』川辺美那子（芹明香）

私的経験でいわしてもらうなら、女は一旦関係ができれば、少なくとも多少変化するものだ。なれなれしくなるとか、逆によそよそしくしてみせるとか。ところがいつかにはそういうところがなかった。全く変りなく僕に対した。その見事さに少しおどろいた。

79年『祭が終ったとき』庄司要（竹脇無我）

自分が傷つくのはかまわない！　いくら傷ついてもかまわない！　ただお互いに傷つ

けあうの、いや！

70年『わが青春のとき』加島美月（樫山文枝）

自分は今の姫の、この顔の方が、若い頃のただ美しい姫の顔より、よっぽど美しく感じます。世阿弥の花伝書に従えば、若い時代の姫の美しさは彼の云ういわゆる〝時の花〟です。それに対して今の美しさは、幽玄を秘めた〝真の花〟です。今の方が自分は美しいと思います。

17年『やすらぎの郷』高井秀次（藤竜也）

自分をいい女でいさせたいのよ。そういうことってあるでしょ女って。他人に認めて欲しいンじゃなくて――自分が――自分を認めてやりたいの。

80年『さよならお竜さん』英子（結城美栄子）

好いた男に消えられたら、先生――せみのぬけがらと同じことだよ。

72〜73年『赤ひげ』およう（緑魔子）

背中は、世の中のしきたりにさからう、みょうに凜とした強さをもっており。父さんや、ぼくや、家族のしがらみなど、小気味いいほどに拒絶していて――。

95年『北の国から'95 秘密』黒板純（吉岡秀隆）

そうよ。忘れなさい。忘れるのが一番。忘れて女はね、――女になってくのよ。

17年『やすらぎの郷』白川冴子（浅丘ルリ子）

バカだからさ。うまいことばが見つかンないから――自分で自分に腹立ってきて。

76〜77年『前略おふくろ様 Ⅱ』岡野海（桃井かおり）

ブスが、自分のことを美人でしょっていうと、これは愉しいジョークになるの。でも美人が自分のことを美人でしょっていうと、ジョークにならずにいやみになるの。

許すも許さないも——忘れました、もう。

79年『たとえば、愛』亜子（大森暁美）

別れた男にできる女は、自分よりよいのはしゃくにさわる。だけど自分よりうンと悪いのも許せない。

67〜68年『文五捕物絵図』おれん（村松英子）

わからなければかまわない。——私そういう主義ですの。わからなければ、傷つけませんもの。

79年『たとえば、愛』亜子（大森暁美）

80年『さよならお竜さん』伊藤純子（岩下志麻）

母親だったり、妻だったりする前に、女は女ですわ。一人の人間。

79年『遠い絵本』立花冴子（八千草薫）

怖いぜ全く女ってやつァ。ありゃア先生、男たァ別種の部族だぜ。

77年『あにき』神山栄次（高倉健）

あなたのやさしさが、傲慢さよりも、私の心を惨めにします。

70年『わが青春のとき』加島美月（樫山文枝）

3 恋っていうのは、愛にくらべて――男と女とは

あいつが、愛を本当にわかってたら――、こんなことにはならなかったろうな。あいつは俺に――押しつけすぎたよ。疲れたよ。疲れた。

75年『あなただけ今晩は』坂本光夫（原保美）

愛なンて言葉を、きやすく使うなよ。

79年『たとえば、愛』工藤六助（原田芳雄）

ア、そりゃいけません。手えにぎるのは割と効くンです。こういう初歩的な、いわば基本動作をおろそかにしちゃあいけません。

78年『浮浪雲』浮浪雲（渡哲也）

会ったらまた、たぶん——ダメになるかもね。

70年『君は海を見たか』木宮佳子（野際陽子）

あなたのいいとこってバカなとこかもね。バカもそこまでいくと、ちょっとステキよ！

71年『2丁目3番地』石上冴子（浅丘ルリ子）

甘いンだよ頭は。甘すぎるの。そうさ。もろいさ。人の関係なンて。何か一か所が崩れたら最後、とことんボロボロになっちまうの。そういうもンだよ。当り前だよ。

77年『あにき』滝本桐子（倍賞千恵子）

いつかずっと先に——二十年くらい先に、——私が子ども連れて、——純君も子ども連れて――、ばったりどっかで逢えたらうれしいね。

95年『北の国から'95 秘密』大里れい（横山めぐみ）

オカマは堂々と陰口たたくのよ。それが私たちの特権ですもの。

84年『昨日、悲別で』マーサ（マーサ）

男の頭と女の頭はお前――機械でいや配線がちがうンだ。男の頭がラジオの配線なら、女の頭はお前――テレビの配線よ。信じられねえ複雑さよ。

76〜77年『前略おふくろ様 Ⅱ』政吉（小松政夫）

恋っていうのは、愛にくらべて、――どういうの、もっと、やましいもンでしょうが！ っていうか、何？――うしろめたい。

90年『火の用心』大原かき（桃井かおり）

この世で一番恐ろしいことは——。誰か他人に——。それも好きな人に——。軽べつされることだったわ。

80年『さよならお竜さん』伊藤純子（岩下志麻）

好きかきらいかという質問と、結婚したかしないかということと、いったいどういう関係がある。

71年『舩燈』牧野耕平（芦田伸介）

その話今しないで。その話されると、私泣いちゃうから。

89年『北の国から'89 帰郷』黒板螢（中嶋朋子）

例えば夜中なンか、——私としばらく会ってない時、——私の顔を思いだすことあります？

70年『君は海を見たか』木宮佳子（野際陽子）

だましてるとか——ずるいンじゃなくて。やさしい人だから。しょうがないのね。

80年『さよならお竜さん』英子（結城美栄子）

男女の間は、一種の勝負。とっくみ合って泣いたり笑ったり、——ただそれだけの簡単なことなンだ。それを愉しみゃアそれでいいンでさ。哲学抜きだから助平ア、何たって愉しいんでさ。

75年『あなただけ今晩は』茂吉（瀬川菊之丞）

とにかく僕は君を女なンて思ってなかった。人間だとも思ってなかった。何ていうかコウ、美しい——植物みたいな、だから——。

71年『2丁目3番地』津上（津川雅彦）

何もいわないで。——わかってるから。

89年『北の国から'89 帰郷』大里れい（横山めぐみ）

離れていれば逢いたくなるンだけど、逢うとギクシャクした空気が流れた。

95年『北の国から'95 秘密』黒板純（吉岡秀隆）

引留めてくれればうれしいけど、もしもひと言も引留めてくれなかったら——。

75〜76年『前略おふくろ様』岡野海（桃井かおり）

人と人とが別れるっていうこと。それは本当に大変な出来事よ。

87年『北の国から'87 初恋』宮前雪子（竹下景子）

人は——不安だと必死にしゃべり合う。信じ合ってれば無口でいられる。

80年『さよならお竜さん』伊藤純子（岩下志麻）

平吉、女はな。女ってもんはな。女ってもンほど恐いもンはおめえ。

71年『2丁目3番地』石上良元（佐野周二）

本当に好きなら相手のことより、自分のことを考えるはずだわ。もっとエゴイストになるはずだと思うわ。

70年『わが青春のとき』加島美月（樫山文枝）

昔別れた女って、どうしてきれいに思えるンですかねえ。

78年『浮浪雲』浮浪雲（渡哲也）

昔、あの人を奥さんからとったでしょ？　今度は私とられちゃった。自分のしたことは、もどってくるみたい。

98年『北の国から'98時代』宮前雪子（竹下景子）

モノには必ず終りってモンがある。うン。

98年『北の国から'98 時代』北村草太（岩城滉一）

やさしすぎて——きらいになりそう。

84年『昨日、悲別で』小沼ゆかり（石田えり）

私のことを好きになったから別れるって、そんな——残酷ないい方あるでしょうか。

70年『君は海を見たか』木宮佳子（野際陽子）

理解と承諾の間には、字句の意味としても距離があります。

77年『あにき』神山栄次（高倉健）

別れた以上もっと憎み合え。憎む気がないなら別れるな。

79年『たとえば、愛』工藤六助（原田芳雄）

ありゃいい女だ。本当気だてのいい女だ。その点はオラが保証する。したけどよすぎるンだ。よすぎてちょっとうまくないンだ。

81〜82年『北の国から』中畑和夫（地井武男）

男の顔は履歴書、女の顔は請求書。

17年『やすらぎの郷』水谷マヤ（加賀まりこ）

第3章　威張っているのは親の権利です

倉本聰の代表作の一つに、『前略おふくろ様』シリーズ（日本テレビ、1975〜77年）がある。東京で板前修業中の主人公サブ（萩原健一）が、故郷にいる母（田中絹代）に向かって語り掛けるナレーションが秀逸だ。

父を早くに亡くした倉本にとって、母はずっと大切な存在だった。このドラマの中でも、自分を気遣ってくれる母に対して、「遠慮することなンてないじゃないですか。あなたの実の息子じゃないですか」とサブが逆に気遣う印象的な台詞を書いている。

もう一つの代表作、20年以上も続いた『北の国から』シリーズ（フジテレビ、1981〜2002年）は、まぎれもない「父と子」の物語だ。このドラマがスタートする数年前、倉本は東京から北海道の富良野へと移住した。原生林の中に家を建て、冬は零下

20度という見知らぬ土地で暮らし始めたのだ。ドラマで描かれていた黒板五郎（田中邦衛）の苦労も、純（吉岡秀隆）の戸惑いも、実は倉本自身のものだった。

父への反発や反抗もあった純だが、やがて「父さん。あなたは――すてきです」と胸の内で五郎に語りかけるようになる。サブも純も螢（中嶋朋子）も、そしてサブの母も黒板五郎も、皆、倉本の分身なのだ。

それはドラマの中の夫婦像も同様である。『やすらぎの郷』（テレビ朝日、2017年）で、大納言こと岩倉正臣（山本圭）が言う。「だけど女房なら、若い頃より、――死ぬ間際の老けた女房にオレは逢いてえ」と。それは倉本にとっての実感かもしれない。

1　遠慮することなンてないじゃないですか――親子とは

あちきは倅ァ、アレでやすよ。――腕白でもいい。丈夫な子どもに育って欲しい。

78年『浮浪雲』浮浪雲（渡哲也）

あなたが母にいて欲しいことは、母はほんとうはわかっていました。でも。母がそばにいてあなたに甘えが出てはいかんと思い、思い切って黙って帰ってきました。かんべんゾ。

75〜76年『前略おふくろ様』片島益代（田中絹代）

あんまり子どもにベタベタしないほうがいいよ。どうせいつかは、子どもなんてものは親からはなれていくンだから。今からそういう心がまえだけは、もっといたほうがいいですよ。

78年『浮浪雲』新之助（伊藤洋一）

生きてるうちは、うるさくて参ったが。死なれてみると、やっぱり淋しいや。

07年『拝啓、父上様』真田公正（小野武彦）

威張っているのは親の権利です。よけいな遠慮はやめるべきです。

75〜76年『前略おふくろ様』片島三郎（萩原健一）

今少し父さんがわかりはじめてきました。——今まで考えたこともなかったけど、あの頃父さんが耐えていた苦しみ。父さんの悲しみ。父さんの痛み。父さんの強さ。あの頃の父さんの男としてのすごさが、初めて今だんだんわかってきたわけで。

89年『北の国から'89帰郷』黒板純（吉岡秀隆）

今の時代は新しいものにあふれ、それに目が移ると人は簡単に古い物をポンポン捨てていきます。でも──捨てられる物には作った人の汗と努力が今も残っており。それは一方でぼくや螢を、あのころ懸命に育てようとした父さんの汗の記憶なのであり。

95年『北の国から'95 秘密』黒板純（吉岡秀隆）

遠慮することなンてないじゃないですか。あなたの実の息子じゃないですか。

75〜76年『前略おふくろ様』片島三郎（萩原健一）

おふくろのやるべきつとめってもンはな、子どもをつくって、一人前に育てて──嫁もらってやって──そこで終りよ。エ？　そうじゃねえか。そこでもう十分やり通したのよ。後は子どもが面倒見る番だ。そういうもンだ。そうじゃねえか。エ？

76〜77年『前略おふくろ様 Ⅱ』半田妻吉（室田日出男）

傷ついていた。父さんにいわれたことにじゃない。怒鳴っても父さんが怒らないからだ。最近父さんはぼくに遠慮する。そのことにぼくは傷ついていたンだ。

87年『北の国から'87 初恋』黒板純（吉岡秀隆）

気の毒な息子さんを持った不幸な父親という自分の位置に、苦痛の焦点を当て過ぎているように思うよ。

70年『君は海を見たか』坂上部長（内藤武敏）

子どもがまだ食ってる途中でしょうが!!

84年『北の国から'84 夏』黒板五郎（田中邦衛）

最近、おれ思うンだけど――おれの中にはやっぱりおやじの血が、否応なくたしかに流れてて、――それは思うに、反撥することじゃなくて、むしろすてきなことなンじゃないかって――。

自分のオヤジを負かしちゃいけない。

02年『北の国から2002 遺言』黒板純（吉岡秀隆）

捨てたンですよ。あなたたちはやっぱり。それを自分が苦しいから、連れもどしたいなどといいだされるのは、それは、あなたのエゴイズムというもンです。

89年『北の国から'89 帰郷』成田新吉（ガッツ石松）

前略おふくろ様。二万円送ります。いつでも欲しい時はいってください。オレに遠慮はいりません。オレはあなたに育てられ、今現在を生きているわけで――。

74年『りんりんと』園長（小栗一也）

たとえ父さんとどんなことがあったにしても――母さんはいつまでもぼくの母さんで。

76～77年『前略おふくろ様 Ⅱ』片島三郎（萩原健一）

疲れたらいつでも帰ってこい。息がつまったらいつでも帰ってこい。くにへ帰ることは恥ずかしいことじゃない。お前が帰る部屋はずっとあけとく。布団もいつも使えるようにしとく。

81～82年『北の国から』黒板純（吉岡秀隆）

つまり——世間的にはよくないかもしれんが少なくともオレには——父さんに対しては——申し訳ないなンて思うことないから。何をしようとおれは味方だから。

87年『北の国から'87 初恋』黒板五郎（田中邦衛）

95年『北の国から'95 秘密』黒板五郎（田中邦衛）

父さん。あなたはすてきです。あなたのそういうみっともないところを、昔のぼくなら軽べつしたでしょう。でも今、ぼくはすてきだと思えます。人の目も何も一切気にせず、ただひたむきに家族を愛すること。思えば父さんのそういう生き方が、ぼくや螢をここまで育ててくれたンだと思います。そのことにぼくらは今ごろようやく、少しだけ気づきはじめてるンです。父さん。あなたは――すてきです。

02年『北の国から２００２ 遺言』黒板純（吉岡秀隆）

母親にも青春があったということ。そんな時を子どもは知ろうともしない。その時を考えると涙が出ます。

75〜76年『前略おふくろ様』片島三郎（萩原健一）

母の勝手なよろこびや希望で、あなたの一生を台なしにしてはいけない。前略サブロウサマ。あなたはまだほんとうは修業中の身です。

75〜76年『前略おふくろ様』片島益代（田中絹代）

抜いてみな。ピン札に泥がついている。お前のおやじの手についてた泥だろう。オラは受取れん。お前の宝にしろ。貴重なピン札だ。一生とっとけ。

子供って何を喜ぶんだろう。父親に何をして欲しいんだろう。

87年『北の国から'87 初恋』運転手(古尾谷雅人)

本人の気持ちが何より先か。生んで育てた親の気持ちよりもか。

08年『風のガーデン』白鳥貞三(緒形拳)

娘よ、明日から父を忘れよ。

71年『2丁目3番地』木下マツ(森光子)

もし子どもにとって許せないものがあるとすれば、それは親の側のそういうよけいな遠慮だよ。そういうものこそ最大の悪意だよ。そんな遠慮をちっとももたずに、堂々とわがままに子たちにおんぶすりゃあいいんだ。

75年『うちのホンカン』庄村渉(笠智衆)

もしこれまでに僕が少しでも、君をつくったのは僕だからとか！　君の現在は僕によってあるのだ、とか——そういうそぶりを見せたことがあったら——それは僕という男のいたらなさです。僕は謝らねばなりません。雪子。ごめんなさい。僕はそういう傲慢な態度を、君に対しずっととってきたような気がする。でももうそれも終いです。明日から君は豪介君のそばで、父を忘れて暮らしなさい。君には明日から男の妻という、新しい、重大な職務がある。それは大変な職務です。しかしその大変さに疲れずに、君はあくまで美しい輝くばかりの人妻になって欲しい。君の母親は二十五年間、見事にそれをつとめあげ、そして今なお限りなく美しい。君の母親を見習いなさい。

71年『ひかりの中の海』三上了一（船越英二）

75年『うちのホンカン』河西公吉（大滝秀治）

あいつ、今、誰かに愛されているかな。

05年『優しい時間』湧井勇吉（寺尾聰）

金なんか望むな。倖せだけを見ろ。ここには何もないが自然だけはある。自然はお前らを死なない程度には充分毎年喰わしてくれる。自然から頂戴しろ。そして謙虚に、つつましく生きろ。それが父さんの、お前らへの遺言だ。

02年『北の国から２００２ 遺言』黒板五郎（田中邦衛）

2 死ぬ間際の老けた女房にオレは逢いてえ――夫妻とは

あちきもあんたに。――ラブでンス。

78年『浮浪雲』浮浪雲（渡哲也）

いつかあなた私に云わなかった？　若いカップルはいつも互いを見つめ合ってるけど、熟成したカップルは見つめ合うより、おんなじ物を見るようになるって。同じ物を見て、――同じ物をきいて、同じ物を感じて――同じ物に感動して――そういう歳とったカップルはすてきだって。あなたの見てるものを、私も見てるわ。あなたの感じること、――私も感じてるわ。

05年『優しい時間』湧井めぐみ（大竹しのぶ）

いくら見合いで決めたっていったって、式までには恋愛に持ってくもンだ。

70年『君は海を見たか』坂上部長（内藤武敏）

いつか――来世で僕とあいつとさ、――どういうところでどう逢うんだろうと、その逢った瞬間を考えるとね。涙が出るね。これはきまって涙が出るね。何かね。あれは、どういう涙かね。

79年『たとえば、愛』南雲庄一（下條正巳）

一生をふるンじゃねえ。つかむンだ。お前とおいらの新しい一生を。

67～68年『文五捕物絵図』文五（杉良太郎）

オレのほうが先に死んではいけない。女房を一人で残してはいけない。女房を先に――死なしてやらねば。オレがじっと見守り、オレが手を握り――残ることの苦しさはオレが引受け――。

76〜77年『前略おふくろ様 Ⅱ』岡野次郎兵衛（大滝秀治）

五十年間世話をかけっ放し、何もしてやれなんだあいつのために、わたしのただ一つしてやれることは、あいつが死ぬときそばにいてやって、手を握ってじっと見ていてやること。

78年『坂部ぎんさんを探して下さい』伊吹仙太郎（笠智衆）

じゃああるか。君は亭主に後追い心中する覚悟があるか。あるいは逆でもいい、今の亭主が君の後を追って死ぬと思うか。

79年『たとえば、愛』工藤六助（原田芳雄）

だけど女房なら、若い頃より、――死ぬ間際の老けた女房にオレは逢いてえ。

17年『やすらぎの郷』岩倉正臣（山本圭）

愉しいのはここまで！　この、プロポーズ。申込むとこまで！

76〜77年『前略おふくろ様 Ⅱ』半田妻吉（室田日出男）

涙が恐くて結婚できるかッ!!

71年『2丁目3番地』石上平吉（石坂浩二）

ミサ、オールウェイ、ボクのそばにおるよ。エブリデイ逢うて、ボクと話しとるの。死んだ折にはバアさんじゃったがの、今逢うとるンは若い頃のミサ。最後はしわしわで見れりゃせなンだけえ。幻じゃけえ、見られるほうがよかろうがの。オールウェイ。いつでも——そばにおるンじゃ。イエー。

83年『波の盆』山波公作（笠智衆）

息子のことだけじゃなくお前のことも、——俺は本当に見てたンだろうかって思った。

俺は――お前のことをちゃんと見てたかね。

05年『優しい時間』湧井勇吉（寺尾聰）

律子――！　今オレの隣に、お前が並んでいないことが淋しい！　俺と全く同じ感動を、共有してくれる者がいないことが――本当に、――心から――淋しく辛い。

19～20年『やすらぎの刻～道』菊村栄（石坂浩二）

別れるなら出てけ。家に残るほうを選ばないで、出て行くほうを選ぶべきね。

79年『たとえば、愛』工藤六助（原田芳雄）

やさしいことがあるもンですか。五十年間、くちづけされたこともありません。

76年『幻の町』木山さわ（田中絹代）

第4章　生き物を殺すときには、神様に祈れ

この国が、いわゆる「バブル景気」に向かおうとしていた時期に出現したのが、連続ドラマ『北の国から』（フジテレビ、１９８１～82年）だ。北海道・富良野の廃屋で暮し始める黒板五郎（田中邦衛）一家。第一話で、水道も電気もガスもない家を見て、純（吉岡秀隆）が衝撃を受ける。暗くなったらどうするのかと泣きそうな息子に、父が明るく答える。「夜になったら眠るンです」。

明るくなったら目覚め、夜になれば眠る。そんな人間本来の生活を駆逐してきたのが現代社会だ。街は24時間稼働し、人は何でも金で買うようになった。倉本は自身が抱えた違和感をドラマの中に盛り込んでいく。五郎は、「もしもどうしても欲しいもンがあったら――自分で工夫してつくっていくンです。つくるのがどうしても面倒くさかったら、それはたいして欲しくないってことです」と言い切る。

仕事についても、効率と利益ばかりを優先する世の風潮に、倉本は危機感を持ち続けてきた。『文五捕物絵図』（NHK、1967~68年）の与之助（東京ぼん太）は、「損をしたってやるべき商いは、この世の中にいくらもありますぜ」と言い、『北の国から2002 遺言』（フジテレビ、2002年）のトドこと高村吾平（唐十郎）は、「金を稼ぐだけが仕事じゃねえ！」と怒鳴るのだ。

倉本が1984年に開設し、26年にわたって続けた俳優や脚本家の養成施設「富良野塾」。また子どもたちに環境と自然を学んでもらう「富良野自然塾」。こうした未来のために種をまく仕事にも、倉本ならではの価値観や仕事観が反映されている。

1　地べた放したら最後だぞ――暮しとは

匂いがこんなになつかしいなんて思わなかった。

84年『昨日、悲別で』小沼ゆかり（石田えり）

うれしさは顔に出すべきです！　声に出すべきです！　目に出すべきです！　肌に出すべきです！

90年『火の用心』神代平吉（木梨憲武）

お前、牛肉を喰ったことないのか。あれは誰かが殺してるンだ。殺すもんの痛みを考えたことあるか。これから考えろ。どんな小さな命でも、命をうばうちゅうのは心の痛むもンじゃ。だから生き物を殺すときには、感謝でも謝罪でもいゝ、神様に祈れ。そういう時の為に、神様はいるンじゃ。

19〜20年『やすらぎの刻〜道』根来鉄兵（藤竜也）

お前らだけじゃない。みんなが忘れとる。一町起こすに二年もかかった。忘れなかったのは、あの馬だけさ。あの馬だけとっつあんをわかっとった。

81〜82年『北の国から』北村清吉（大滝秀治）

俺にとって一番体に悪いのは、そこら中に書かれた〝禁煙〟ってあの文字だ。

17年『やすらぎの郷』菊村栄（石坂浩二）

化学肥料に頼っとるから、土がもたンようになっちまっとるンだ。

87年『北の国から'87 初恋』大里政吉（坂本長利）

風の吹くとこで火をつけるのは、算数をとくよりずっとむずかしい。

81〜82年『北の国から』黒板純（吉岡秀隆）

考えてみるとさ、今の農家は、気の毒なもンだとオレは思うよ。どんなにうまい作物作っても、食ったやつにありがとうっていわれないからな。

98年『北の国から'98 時代』黒板五郎（田中邦衛）

木を伐ったら必らず種を蒔け。

19〜20年『やすらぎの刻〜道』老人（花王おさむ）

故郷って、いくらはなれていても、心の中にはいつもあるものよ。

79年『たとえば、愛』九条冬子（大原麗子）

ここらじゃ馬にはめったに名をつけん。名をつけちゃいかんと教えられた。名をつければ馬に情が移る。手ばなすときに心が痛む。

81〜82年『北の国から』笠松杵次（大友柳太朗）

こっちじゃ冷蔵庫の役目っていったら物を凍らさないために使うくらいで。

81〜82年『北の国から』黒板五郎（田中邦衛）

これからよ。祭は――。これからがいいのよ。終ったときが――。淋しくていちばん――。

79年『祭が終ったとき』北林いつか（桃井かおり）

恐い場所はやっぱり恐い場所のまま。威張った人間は威張ったままに、昔のとおりいて欲しく。

75〜76年『前略おふくろ様』片島三郎（萩原健一）

四月から先のことは、考えないようにしている。神楽坂は今日のところ、まだ神楽坂だ。

07年『拝啓、父上様』田原一平（二宮和也）

たとえば一年間必死に生きて――女房とガキとおふくろを食わせて――ああすんだっテンで大晦日の夜、こたつにあたってお茶なンか飲んでる。女房と紅白歌合戦なンか見てる。――おふくろは脇でいねむりをしてる。考えただけで涙が出るぜ――そのうち行く年来る年が始まって、ゴーンと最初の除夜の鐘が鳴り、そうして――眠ってたおふくろが急に目をさまして――おめでとうっていうンだ。おめでとうって。ガタガタいわれる筋はねえぜ。人がサンタクロースになろうとなるまいと。男なンだから。――男である以上。

76〜77年『前略おふくろ様Ⅱ』半田妻吉（室田日出男）

天災にたいしてね――あきらめちゃうですよ。何しろ自然がきびしいですからね。あきらめることになれちゃっとるですよ。

81～82年『北の国から』北村清吉（大滝秀治）

土地がなくなろうと何しようと、大事なもンは消えるもンじゃないぜ。

83年『北の国から'83 冬』黒板五郎（田中邦衛）

中島みゆきの〝異国〟って歌知ってる？　何ともたまンない歌なンだよね。忘れたふりをよそおいながらも、靴をぬぐ場所があけてあるふるさと――ってさ。

81～82年『北の国から』笠松みどり（林美智子）

陽はのぼり――陽は沈む。一日廻りゃア、すべてはまた一からよ。〝昨日〟に義理立てする必要はねえぜ。

76～77年『前略おふくろ様 Ⅱ』渡辺甚吉（加藤嘉）

本当にダサイけど——農家の暮らしって本当かもしれない。お金にもならないのに、汗水流して、天気の心配して、地べたはいまわって。札幌来て私、はじめて思いました。でもあの暮らしってもしかしたら本当は、とってもすてきなことなのかもしれないって。

81〜82年『北の国から』吉本つらら（熊谷美由紀）

みんなが本気で考えてくれとる。早まって地べた放すンでない。それだけはいっとくぞ。地べた放したら最後だぞ。

83年『北の国から'83 冬』北村清吉（大滝秀治）

無理するな。返せない金を、借りるもンじゃない。

79年『祭が終ったとき』大場英次（池部良）

もしもどうしても欲しいもンがあったら——自分で工夫してつくっていくンです。つくるのがどうしても面倒くさかったら、それはたいして欲しくないってことです。

物を捨てられないのは物が大事なンじゃなくて、物にまつわる想い出が大事なのよ、想い出を切らないと新しい人生に踏み出せないわよ。

81〜82年『北の国から』黒板五郎（田中邦衛）

夜になったら眠るンです。

17年『やすらぎの郷』水谷マヤ（加賀まりこ）

わずかばかりで充分なのよ。本来、農業は商業とちがう。自分で耕して自分で収穫して、自分らが喰えりゃあそれでいゝのよ。残ったものは漬物にして、それでも余ったら近所に廻す。そうするとお返しに何かいただく。それが昔からの農家の暮しだ。いっぱい作って売って儲けようなンて、そんなこと考えなきゃ楽に暮せる。

81〜82年『北の国から』黒板五郎（田中邦衛）

19〜20年『やすらぎの刻〜道』根来公平（橋爪功）

ぼくらの生活が見たかったら、いつでも富良野に来てごらん。何もない町だけどぼくらいつもいるよ。

81〜82年『北の国から』黒板純（吉岡秀隆）

2 金を稼ぐだけが仕事じゃねえ！——仕事とは

あんたたちは口でただしゃべるだけだ！　あんたたちは寝なかったか⁉　寝ないで働いたか⁉　火もない部屋で、寒さにふるえながら、眠さと耐えて働いたことがあるか‼　あるまい！　ないさ‼　あんたたちにはないさ‼　ない人間がガタガタいうな‼　俺たちは医者だ‼　しかも良質のだ‼　もっとあんたたちはありがたがるべきだ‼　ありがたがって闘うべきだ‼　上とな‼　ガタガタと文句いう上とな‼

72〜73年『赤ひげ』新出去定（小林桂樹）

今途中でこれを投げちまったら、今後何をしても自信が持てなくなっちゃうンじゃないか。——そんな感じがするンですよ。

お金があったら苦労しませんよ。お金を使わずに何とかしてはじめて、男の仕事っていえるンじゃないですか。

70年『わが青春のとき』武川和人（石坂浩二）

おれか。――おれはな、できるだけさぼって、いやらしい記事を記事にしないために、新聞記者になったンですよ。

81～82年『北の国から』黒板五郎（田中邦衛）

オレは――うまいことといえないが、けど――若い頃みっちりたたきこまれたものは、そう簡単には変えられないでしょう？　おれらの時代の――どういうのか！――規律や礼節や――それから仕事への使命感みたいなものは。

76年『大都会　闘いの日々』滝川竜太（石原裕次郎）

75年『うちのホンカン』河西公吉（大滝秀治）

俺はそうして一万を救うより、今いる千人の命を救うほうが自分の仕事だとそう思っているがね。

72〜73年『赤ひげ』新出去定（小林桂樹）

会社が苦しんで提案したことに応じることは社員の義務です。

76年『ひとり』田原草平（船越英二）

素材が料理の、全ての元だ。

07年『拝啓、父上様』小宮竜次（梅宮辰夫）

サラリーマンには分別はいらないよ。黙々とやることさ、ただ黙々と。

72年『ぜんまい仕掛けの柱時計』高橋三郎（佐野周二）

そりゃあ成功してるってことはすごいと思うよ。それは思うよ。だけど――だからって成功するためなら何してもいいのかって――そんなにまでして成功したいのかって。

98年『北の国から'98 時代』黒板純（吉岡秀隆）

それより俺は、今の仕事の中で気に染まなくても、懸命にやってる――そういうやつのほうが美しいと思うね。

72年『風船のあがる時』高沢（高橋昌也）

損をしたってやるべき商いは、この世の中にいくらもありますぜ。

67〜68年『文五捕物絵図』与之助（東京ぼん太）

つまり、――何ていうか――。今だからぼくの中で燃えてるものが、十年先に、同じふうに、同じボルテージで燃えてるんだろうかって。

70年『わが青春のとき』武川和人（石坂浩二）

何を選ぶかは自分で決めろ。今の一瞬はな――後悔を生むぜ。

07年『拝啓、父上様』小宮竜次（梅宮辰夫）

――何もするなっていったって――人はいつまでも、働きたいンだし。

76～77年『前略おふくろ様 Ⅱ』片島三郎（萩原健一）

人に喜んでもらえるってことは純、金じゃ買えない。ウン。金じゃ買えない。

98年『北の国から'98 時代』黒板五郎（田中邦衛）

人にはそれぞれいろんな生き方がある。それぞれがそれぞれ一生けん命、生きるために必死に仕事をしている。人には上下の格なンてない。職業にも格なンてない。そういう考えは父さん許さん。

81～82年『北の国から』黒板五郎（田中邦衛）

人のプライバシーをほじくり出して。知る権利とか勝手な理屈つけて。――それで稼いでビルおったてて。それが男のやることですか。狂っていると思いませんか。

79年『祭が終ったとき』庄司要（竹脇無我）

むしろ、これを自分の研究テーマにしたいと思ったのはたぶん――、まだだれも手をつけていないから、――自分一人でやってみたいから、――その程度の、何ていうか、――極めてエゴイスティックな動機からだと思います。そして始めたら、――憑かれました。

70年『わが青春のとき』武川和人（石坂浩二）

無知は無知。人は人。無知だからといって助けぬ法はない。無知には無知に対するやり方が。

72～73年『赤ひげ』新出去定（小林桂樹）

もしかしたらこうやって自分を抑えて――、人のためにやってるっていう意識を持つことが、――自分を支えてくれてるのかもしれません。

08年『風のガーデン』白鳥貞美（中井貴一）

休むとは、ただの休みと思うな。次の仕掛けの元となる！

90年『火の用心』西出課長（河西健司）

辞めたいならいつでも辞めりゃあいい。但し思いつきで動くのは止めろ。男が自分のこうと決めた道を、変えるにゃそれなりの覚悟がいるンだ。

07年『拝啓、父上様』小宮竜次（梅宮辰夫）

雪ちゃん今は、時代が変ったンだ。昔の農業とは農業が違う？　科学を使ったデッカイ金儲けだ。オイラそのためにはバンバン借金して資本を投下する。

ルール違反ってのもおかしいけど、君も一人で一人前に仕事している人間だ。その仕事先の問題について家に持ち込むのは変じゃないか？

98年『北の国から'98 時代』北村草太（岩城滉一）

私が知ってる。――それだけじゃいけない？　青春を賭けてあなたがやった。あなたはやり遂げた。見事にやりとげた。そのことを私、全部知ってる！　私一人が知ってるンじゃダメ？

79年『たとえば、愛』高井五郎（津川雅彦）

金を稼ぐだけが仕事じゃねえ！

70年『わが青春のとき』加島美月（樫山文枝）

02年『北の国から２００２ 遺言』高村吾平（唐十郎）

第5章 それはもう単純な反戦思想を超えた、もっと厳しい、鮮烈なものだった

倉本聰は1935年（昭和10年）に生まれた。翌年二・二六事件が起こり、その1年後には日中戦争が始まる。敗戦時には10歳で、戦地には行っていない。しかし、「銃後」の日本で「少国民」として見聞きしたことや、「学童疎開」などの体験の全てが、倉本の中で脈々と生き続けている。

特に近年の『やすらぎの郷』（テレビ朝日、2017年）と『やすらぎの刻～道』（同、2019～20年）では、老脚本家の菊村栄（石坂浩二）を通じて多くのことを伝えようとしてきた。「あの時代に生きた我々若者が、——善悪を別としていかに純粋に日本という国を愛そうとして来たか」。そこには当時を知る人間でなければ語れない真実がある。

また戦争という大きな犠牲の上に築かれた、現代社会に対する違和感や疑問も表明されている。「私は大声で叫びたくなっていた。君らはその時代を知っているのか！」。常々、「怒りのパッションを持っていないと書けない」と言っている倉本。『北の国から'84夏』（フジテレビ、１９８４年）の笠松正吉（中澤佳仁）は、「パソコンで何でもやるようになるって、そンじゃ、パソコンでカボチャつくってみろ！」と怒る。

さらに俳優・高倉健を思わせる、『やすらぎの郷』の高井秀次（藤竜也）も、「人は忘れます、そのうち過ぎたことを。東日本大震災のことだって。原発事故のことだって。――みんな簡単に忘れたじゃないスか。いけませんよね、そういうこと忘れちゃ」と怒っていた。いずれも倉本自身の怒りだ。

1　今の若いもんは、倖せでええのう――戦争とは

あの時代に生きた我々若者が、――善悪を別としていかに純粋に日本という国を愛そうとして来たか。その気持ちが全く判っていない。そう思ったら突然涙があふれた。

17年『やすらぎの郷』菊村栄（石坂浩二）

あの時代の僕らにとって、戦争はいわば大前提だった。その中でね、僕らは一人一人、どうすれば純粋に、自分に忠実に生きられるか――必死になって考えていたよ。――戦争を憎もうとしなかった者も、あるいははっきり憎んだものも、――現在果すべく課せられた義務だけはね。――忠実に果そうと必死だったよ。それはもう単純な反戦思想を超えた、もっと厳しい、鮮烈なものだったと、少なくとも僕は思っているがね。そうい

うものが君たちにわかるか。

71年『舷燈』牧野耕平（芦田伸介）

あの、不可思議な復興のエネルギーが、未だに私には信じられない。そうして復興をなし遂げてしまった、当時の若者は力を使い果たし、年老い、思い出に生きるしかなく。その時代を知らない若者たちが、スマホをいじりながら街を闊歩する。彼らは歩き廻るアスファルトの下に、あの頃の先人たちのどれ程の苦労が、汗と涙と無数の死体が埋まっているかに気づこうともしない。

19〜20年『やすらぎの刻〜道』菊村栄（石坂浩二）

〝いったん軍隊に入った以上、僕の命はいつ散るか判りません。嫁をとることは無責任でできません。一人の娘さんを不幸にすることはできません。あの話はきっぱり、忘れて下さい。僕ももう一切忘れます〟

19〜20年『やすらぎの刻〜道』根来三平（風間晋之介）

今の若いもんは、倖せでええのう。戦争なンちゅう、イヤなもンがないからのう。

19～20年『やすらぎの刻～道』根来公平（橋爪功）

オマエ何のために自衛隊にいた。国を守るために自衛隊にいたンだべ。国を守るっちゅうことは、家族を守るっちゅうことだ。

98年『北の国から'98時代』北村草太（岩城滉一）

軍事教練や、――戦争のことや――。ギスギスした毎日に、イライラ暮らしとって、――俺はたしかに人相が変わってきた。鏡見る度に自分でもそう思っとった。人を恨んだり、憎んだりしとる間に――確かに人相が変わってきてるンだ。

19～20年『やすらぎの刻～道』根来三平（風間晋之介）

殺し合いはイヤじゃ。喰う為でもないのに生き物を殺すのは性に合わん。殺すのもイヤだし、殺されるのもかなわん。

19〜20年『やすらぎの刻〜道』根来鉄兵（平山浩行）

殺したら祈れ。謝罪でも感謝でも良い、神様に祈れ。けものを殺す時、わしゃいつもそうしとる。喰わしていただくんだからわしゃそうしとる。命をいただくンだからわしゃそうしとる。戦争は殺しても相手を喰わん。喰わんのに殺す。そんなことわしゃできん！　だからわしゃ戦争ちゅうもンを――好かん！

19〜20年『やすらぎの刻〜道』根来鉄兵（平山浩行）

三平兄ちゃんを、侮辱するのは止めろ！　兄ちゃんは戦争に行くのがイヤで、殺し合いがイヤで命を絶ったンだ！　それが悪いか！　そんなに悪いか！　三平兄ちゃんはあんたらに殺されたンだ！

19〜20年『やすらぎの刻〜道』根来公平（風間俊介）

戦争はいやだな。戦争はけんかじゃ。それも、何の恨みもない、――逢ったこともない相手とのな。こういうことを考えたことがあるか。東京に爆弾をまいて行った敵兵。あいつらも自分が殺した日本人のことを、誰一人知らんで殺しよったンじゃ。中には、何の恨みもないのに、どうしてこんなことせにゃいかんのかと、――泣きながら爆弾落した奴がおるかもしれん。自分の殺しとる敵の人間が、自分のおやじやおふくろや兄弟や、そういう者（もん）だったらどうするンだと、――そういう事考えて、泣きながら爆弾落した奴もいたかもしれん。きっとそういう者がおったと思うンじゃ。おらん筈はない。きっと、――必らずおった筈よ。そういう者がおることを考えると、――わしは悲しくて涙が出る。戦争ちゅうのはそういうもンだ。殺す理由などないものを――敵だというだけで、――国がちがうというだけで、――只わけもなく殺し合うンじゃ。

19〜20年『やすらぎの刻〜道』根来公一（佐藤祐基）

だけど、そのうち、君も恋を知る。女の人を、死ぬほど好きになる。そうしてそのことで――。生きて行くこと――。人生のすばらしさ――。明日のこと――。もっと、未来のこと――。つまり――。即ち――。生きて行くこと――。原さんはもういないンだ。東京の空襲で――、死んじゃったンだ。

90年『失われた時の流れを』手島修平（中井貴一）

何よりも僕らをおどろかせたのは、これまで報道されていた新聞の記事が、ウソばっかり書いていたことであり、僕らは大東亜戦争が実際にはどんな恐ろしい負け戦であったか、その現実を知らされて、信じられない想いだったかということだ。

19～20年『やすらぎの刻～道』菊村栄（石坂浩二）

平和になった今だからみんな戦争はいやだって大声で云うけどさ、当時はみんな口が裂けてもそんなこと云えないムードだったしね。だけど当時はちがったンだよ。愛国心にみんな燃えてたしね。今の感覚で戦争を見るのと、当時の日本で戦争を想うのとじゃ、圧倒的に感覚がちがうよ。

17年『やすらぎの郷』菊村栄（石坂浩二）

わしらが夢見てた平和ちゅうもンと――実際の平和はえらいちがったけど――。ある意味では夢みたいな日本になったよな。たまげとったぞ、あんまり進むンで。こんなに進んで、こんなに便利で、いゝもンだべかってオラも思っとった。怖いもンな、なんか。こんなに平和で、こんなに豊かで。これがあのまゝ続くわけないって、オラたちどうしても考えちまうもンな。でもオラあの時代の人間だ。お前らは今を生きとるヒトだ。今夜は雪だ。朝まで続く。ゆっくり眠れ。何も考えず。

19〜20年『やすらぎの刻〜道』根来三平（風間晋之介）

私は大声で叫びたくなっていた。君らはその時代を知っているのか！　君らのおじいさんやおやじさんたちが、苦労して瓦礫を取り除き、汗や涙を散々流して、ようやくこゝまでにした渋谷の路上を、なんにも知らずに君らは歩いてる！　えらそうにスマホをいじりながらわが物顔で歩いてる！　ふざけるンじゃない！　あの頃君らは、影も形もなかったンだ！　影も形もなかった君らが、でっかい面して歩くンじゃないよ！

19～20年『やすらぎの刻～道』菊村栄（石坂浩二）

2　金ですむこたア誰でもできるんだ——社会とは

ああした、たわいねえけんか一つでも、若い者たちゃあすぐに火になる。たわいねえことであるうちゃあいい、だが——もしも理不尽なご政道やお定めが、若えやつらを傷つけたりしたら——こんな騒ぎじゃおさまらねえでンしょう。

67〜68年『文五捕物絵図』文五郎（東野英治郎）

あすこでいろんな辛いことあったけど——それは東京の暮らしに比べたら、比較できないなつかしいことばかりで。——だから——全員家族みたいな——何ていうの？　そういう——そういうもンじゃないかって。

84年『昨日、悲別で』小沼ゆかり（石田えり）

バカにつける薬はない。けど腕力は多少の気休めになる。

81〜82年『北の国から』北村草太（岩城滉一）

あんたは立ちなさい!! 立って歩きなさい!! 歩いてもっと現実を見なさい!! 現実がいかに悲惨なものか、あんたたちお武家のごたくの裏で貧しい者たちがどんなふうに実際――。

72〜73年『赤ひげ』新出去定（小林桂樹）

おかしいっていやお前、まだ食えるもンを捨てるほうがよっぽどおかしいと――思いませんか？

95年『北の国から'95 秘密』黒板五郎（田中邦衛）

お前のように恩賞だけをのぞみ、そのためなら人の心も考えず――そういう人間がどんどん増えてここらをこれからどうする気だね。

77年『時計』高山久蔵（宮口精二）

金ですむこたア誰でもできるんだ。

77年『あにき』甲田（織本順吉）

かれらには何でもできるのだ。どんな無法でも、どんな残酷なことでも、幕府の名をもって公然と押しつけることができる。

72〜73年『赤ひげ』新出去定（小林桂樹）

考えてみりゃアね——町がドンドン変ってってたって——人の心さえ変ンなきゃあ——イライラに対抗して強くなれりゃあ。

71年『2丁目3番地』木下マツ（森光子）

考えてみると、元々おかしい。赤の他人の個人的なことを、世間にバラまくのもおかしなことなら、好奇心の強い暇人がそれにのり、次々につぶやきを書き加えて行くのも。——それはもはやつぶやきなどという範疇のものではなく、他人をおとしめて快感をおぼえるという、人として恥ずべき卑劣の連鎖だ。そういうことがスマホやらパソコンやらを利用して社会全体に病気のように拡っている。

19〜20年『やすらぎの刻〜道』菊村栄（石坂浩二）

昨日、悲別で女の子が生まれた。昨日、悲別で飲屋がつぶれた。昨日、悲別で。昨日、悲別で——。

84年『昨日、悲別で』中込竜一（天宮良）

厳しくやることがいけないっていうンだから。そういってどんどんダメにするンだから。

75〜76年『前略おふくろ様』岡野次郎兵衛（大滝秀治）

国は奥の村が不便だろうと、親切心で舗装してくれるが、舗装されるとその道を通って若い者がどんどん町へ流出するそうじゃ。つまり奥の村はどんどん過疎が進むンだと。

19～20年『やすらぎの刻～道』ハゲ（両角周）

こわれたもンは直さんで捨てるっていうンだ。そうすりゃ新品が又売れるから新しいもんを作らにゃならんべ。そうすりゃ人手が要る、雇用も生れる。第一直した古いもン使うより、新品使う方が気分が良い。どんどん作る。どんどん売る。そうすりゃ世の中に金が廻る。これがアメリカ流の資本主義ちゅうもンだそうだ。

19～20年『やすらぎの刻～道』荒木（須森隆文）

じゅうぶん使えるのに新しいものが出ると――、流行におくれると捨ててしまうから。

81～82年『北の国から』黒板五郎（田中邦衛）

善意に対して金を支払うのは相手の好意を無にすることになる。

75年『うちのホンカン』河西さち（八千草薫）

出されるゴミを見ていると、日本人の暮らしがわかるっていうけど、全くだ。とくに。毎週土曜に集められる粗大ゴミの山なンか見てみたら、ホント、日本はどうなってンのかと思っちゃう。

95年『北の国から'95 秘密』黒板純（吉岡秀隆）

暖房やクーラーがんがんつけた部屋でエネルギー問題偉い人論じてる。ククッ。あれ変だよね。そう思いません？　ククッ。ナアンチャッテ。

89年『北の国から'89 帰郷』黒板五郎（田中邦衛）

東京はもういい。私――卒業する。

92年『北の国から'92 巣立ち』松田タマコ（裕木奈江）

どうして大人たちは、問題が起こったときすぐに本質から離れてしまうンだろう。

71年『2丁目3番地』石上雪夫（北井祥行）

都会の人間が故郷(くに)の人間に、何か少しでもイヤなことをいうと、オレらの心には燃えてくるものがある。それは理屈とか何とかじゃない。正しいかどうかも関係ない。ただ、くにから出てこの大都会でひっそりかたまって生きてるものたちの、互いを守る家族意識だ。つまり――悲別ナショナリズムだ。

84年『昨日、悲別で』中込竜一（天宮良）

とれるだけとって、そこへロシアのトロール船まで来て、根こそぎさらって海を枯らした。海もたまらん。これだけ森がしっかりしとるのに、バブルのつけが今来とるンだ。

02年『北の国から2002 遺言』高村吾平（唐十郎）

何だかふしぎですよね。都会って——あっさりお金かせげて、ファッショナブルに毎日送って——何でもお金で人にたのむと、すぐだれか来てやってくれちゃって。自分でやることないンですからア。

81～82年『北の国から』吉本つらら（熊谷美由紀）

日本人にはまわりの社会より、上の人間によく思われたい。それがすべてでそれだけで生きてる。

79年『遠い絵本』坊城五郎（池部良）

日本人は電力だけやたら使って、原発のゴミのことは誰も考えないじゃない！　どこの自治体もゴミ処理場の話になるとみんなコソコソ無責任に逃げるでしょッ。基本的に云ってそれは卑怯よッ。

17年『やすらぎの郷』水谷マヤ（加賀まりこ）

人間を愚弄し、軽侮するような政治に、黙って頭を下げてしまうほど、老いぼれでもなけりゃあ、お人好しでもない。俺は――。

72～73年『赤ひげ』新出去定（小林桂樹）

パソコンで何でもやるようになるって、そンじゃ、パソコンでカボチャつくってみろ！

84年『北の国から'84 夏』笠松正吉（中澤佳仁）

左手はきちんと茶碗を持つもの。こういうこと今の小学校はどうしてきちんと教えないンだろう。

90年『火の用心』大口トキ（一の宮あつ子）

人に恵む者と恵まれる者と――恵む者はよくても、恵まれるほうは辛え。そういう気質の人間だっている。

人の噂をする権利なんてね——本当は誰にもありゃしないンだよ。人の生活をとやかくいう権利もねッ!! 世の中にはさ——何のかのいわれて怒りたくても、怒れない立場の人間だっているンだ! そういう人をさ——。怒れないと思って——。寄ってたかっていたぶるンじゃないよッ!!

75年『うちのホンカン』森井老人（加藤嘉）

人は忘れます、そのうち過ぎたことを。東日本大震災のことだって。原発事故のことだって。——みんな簡単に忘れたじゃないスか。いけませんよね、そういうこと忘れちゃ。

84年『昨日、悲別で』中込春子（五月みどり）

町の名前が記号でいいンなら——人の名前だって番号にすりゃいい。

17年『やすらぎの郷』高井秀次（藤竜也）

71年『2丁目3番地』木下マツ（森光子）

みんながそれぞれ善意でやってる。善意と善意がへんにぶつかって感情をこじらすことだってある。

70年『君は海を見たか』坂上部長（内藤武敏）

〽一つとせえ　人がとびつき　すぐ飽きる　流行遅れに　腹が立つ!!　〽二つとせえ　古くなったら　直さんで　新品買えちゅう　腹が立つ!!　〽三つとせえ　見とるテレビのいゝとこで　CM入りよる　腹が立つ!!　〽四つとせえ　よく読めちゅうから　説明書　読んでも判らん　腹が立つ!!　〽五つとせえ　いつも何かを買え買えと　浪費をすゝめる　腹が立つ!!　〽六つとせえ　昔の話をしてやると　何度も聞いたと　腹が立つ!!　〽七つとせえ　なにがそんなにおかしいか　テレビのお笑い　腹が立つ!!　〽八つとせえ　痩せろ痩せろとみな云うが　痩せれば病気じゃ　腹が立つ!!

19～20年『やすらぎの刻～道』根来公平（橋爪功）

流行歌ってやつはさ、――。その歌きくとその歌が流行ってた――その時代の出来事を想いだす。

81～82年『北の国から』北村清吉（大滝秀治）

互いに人と人を裏切らせ合い、内通させ合う世にしたのは誰だ。――おいらそんなふうにさせたやつを憎む。

67～68年『文五捕物絵図』文五（杉良太郎）

第6章　あの樹のように、私は死にたい

２０２０年1月、倉本聰は85歳になった。老いも、病も、そして死も「身近な友人みたいなものです」と泰然としている。超高齢化社会の今、この三つは週刊誌などの主要テーマだが、倉本は若い頃からドラマの中で繰り返し扱ってきた。

その理由の一つに、祖父も父も医学情報誌の出版に携わっていたという背景がある。しかも倉本の目は、早くから医学や医療の「負の部分」にまで向けられていた。『赤ひげ』（ＮＨＫ、１９７２〜73年）では若き医師、保本登（あおい輝彦）が倉本の疑問を代弁している。「苦しむためだけに生かすべく、つとめるのが、本当の医者のつとめでしょうか」。

また倉本は17歳で父を亡くしたが、残された母が躁うつ病で苦しんだことも影響しているだろう。『りんりんと』（北海道放送、１９７４年）で、自分を北海道の老人ホームに連れて行こうとしている息子（渡瀬恒彦）に、母親（田中絹代）が尋ねる。「母さん本当に――。生きてていいの？」。この衝撃的な台詞は、倉本の母が実際に口にした言葉だった。

すでに倉本は、「日本尊厳死協会」に入会したことを表明している。人生の最終段階（終末期）における医療を、自分で選択しておきたいと考えたからだ。『やすらぎの刻～道』（テレビ朝日、２０１９～20年）で、主人公の菊村栄（石坂浩二）が言う。「自分が植物状態になって、意識も何もなくなっているのに、――老いさらばえた自分の体を、人目にさらして生きているのはイヤです」。これは倉本の心の声だ。

3月新刊　4点刊行!

習近平vs.中国人
宮崎紀秀
◉800円 610852-5

一党独裁の中国でも「個人」を貫く人たちはたくさんいる。その存在は共産党体制への「アリの一穴」となるのか。在北京のジャーナリストが描いた中国社会「むき出しの現実」。

倉本聰の言葉 ドラマの中の名言
碓井広義 編
◉720円 610853-2

「あの樹のように、私は死にたい」――『前略おふくろ様』、『北の国から』、『やすらぎの郷』などの傑作を含む巨匠の全ドラマ作品から精選した四〇〇余点の名ゼリフ。

トラックドライバーにも言わせて
橋本愛喜
◉760円 610854-9

幅寄せ、路駐、急ブレーキにノロノロ運転……公道上でとかく悪者にされるトラックとドライバー。でも彼らには〝深い事情〟があるのをご存知? 元ドライバーの著者が徹底解説。

日中戦後外交秘史

1　若えモンは、あっしたちがこせえてやったンだ——老いとは

あたしゃあ親として、あんたをここまで育てたンだから、この先の面倒見てもらうについちゃあ、何のヒケ目も感じてないからね。

71年『2丁目3番地』木下マツ（森光子）

いいじゃないか、ちょっとからかうくらい。いじわるはとしよりの生甲斐なンだ。

75～76年『前略おふくろ様』浅田ぎん（北林谷栄）

姥捨てという習慣自体——捨てられる人間の考え出したことじゃないか。捨てて欲しいと本人のほうから——周囲の人間に頼んだんじゃないか。

71年『ひかりの中の海』根上恭介（嵐寛寿郎）

これからの年寄りゃ卑屈ンなっちゃいけません。堂々と、えばって若えやつらをお前ら何だッ！　て。

71年『2丁目3番地』竹次郎（三遊亭円右）

周囲から皇帝って祀られて、だけど実際は単なる老害だって迷惑がられててさ、それでも自分にはまだ力がある、そう錯覚してる老人の哀れさをよ。

19〜20年『やすらぎの刻〜道』白川冴子（浅丘ルリ子）

死んだ後の世界を想像しなさい。自分の死んだ後のこの麓郷を。そこで生きてる息子さんや娘さんや、――それからお孫さんの遊んでる姿を。そうすりゃあきっと彼らに遺したい、本当の心の文章が書けます。それが正しい遺言ってものです。

02年『北の国から2002 遺言』山下先生（杉浦直樹）

住み馴れた街がこわれるのを見るより、なつかしい町はなつかしい姿のまま心にしまってこわさない方が、おかみさんにとっては倖せなのかも知れず。

07年『拝啓、父上様』田原一平（二宮和也）

ただこの頃とくに夜中なンかフッと——自分がこの家で——要らない人間になってるンだなあって、しみじみ思うことがありましてね。

71年『2丁目3番地』木下マツ（森光子）

年よりがてめえの生活を、後はもう付録だなんて思いはじめたら、こりゃアおめえ周りの若えやつらの何てったたって責任だあね。

71年『2丁目3番地』石上良元（佐野周二）

年寄りはよ。年寄りは自分の最後の恋にも自信が持てなくなっちまっててねえ。

67〜68年『文五捕物絵図』宗五郎（永田靖）

歳をとるといろいろ——後悔ばかりしている。

71年『ひかりの中の海』根上恭介（嵐寛寿郎）

人間トシをとる——いや、とらなくっても何ちゅうかこう、あんまり周囲がわずらわしいと、だんだんどうでもよくなっちまって——涅槃の境地に入ることがある。

71年『2丁目3番地』石上良元（佐野周二）

負担になって当然だっていうンだ！　それが当然の権利だっていうンだ！　そうだぜ文子。親子ってもンは。

71年『ひかりの中の海』三上了一（船越英二）

若えもンは、あっしたちがこせえてやったンだ。あっしたちがいなけりゃあ、あんた、ただのシズクで下水に流れてまさあ、ねッ。

71年『2丁目3番地』竹次郎（三遊亭円右）

2 恐がって震えろよ。震えた方が、カッコ良いぜ――病むこと、死とは

医学は人間の生命を、長く持たせることに懸命になってる。長く持たせて、健康にさせて、――。さてその体が健康になっても、ヒトの体は否応なく老化する。老化して次第に、衰えてくる。衰えて社会の役に立たなくなっても、それでも命は何よりも尊いという。それが果たして本当に尊いのか。それを考えると。その先はタブーだ。

19～20年『やすらぎの刻～道』菊村栄（石坂浩二）

医者は少しでも人間の命を永続きさせることが医者の義務だというけれど、しかし――そうやって助からないとわかっているものを、苦しむために生きのびさせることが、本当にヒューマンなことなンだろうか。

いつまでもつかは人それぞれだ。しかし、——三か月もてば半年はもつ。半年もてば一年もつ。一年もてば二年もつ。二年もてば五年もつ。五年もったら完全に治ったということだ、と。

71年『ひかりの中の海』三上了一（船越英二）

生命を何日か長くもたした。——苦しむ患者を何日か生き延びさした。——それが、本当のヒューマニズムなのか。——その考えは違うンじゃないか。——つまり。手の打ちようのない患者の場合——その苦痛を——絶望的なその苦痛を——、根本的に取り除くことのほうが、あるいはもっと真の意味での——ヒューマニズムといえるンじゃないか。

70年『君は海を見たか』増子一郎（平幹二朗）

70年『君は海を見たか』増子一郎（平幹二朗）

今の医学は、病気はよく診ますが、人間を見てるとは私には思えません。患者さんの心を一番よく知るのは、御本人と、それに御家族です。ですから私は患者さんの死を、御家族全員で受けとめて、最後まで御一緒に闘って欲しいンです。

08年『風のガーデン』白鳥貞三（緒形拳）

母さん本当に――。生きてていいの？

74年『りんりんと』力石さわ（田中絹代）

体に関しては、義理なンか忘れろ。

81～82年『北の国から』黒板五郎（田中邦衛）

患者が医者を信じられなくなったとき、患者は誰を信じたらいいのかねッ!!

72～73年『赤ひげ』新出去定（小林桂樹）

患者というのは無知なものだ。無知に理は通らん。理でいってはな。

72〜73年『赤ひげ』新出去定（小林桂樹）

苦しむためだけに生かすべく、つとめるのが、本当の医者のつとめでしょうか。

72〜73年『赤ひげ』保本登（あおい輝彦）

御存知のようにこの国では、安楽死をすることは認められていません。命は何ものより尊いという考えから、口にすることすらタブーとされています。しかし私は――。それでいいンだろうかと思っています。医学の進歩は人の命を、ただ機械的、物理的に生かすだけなら、かなりの所まで延命できます。しかし果して本当にそのことが、人道的であるかとなると、私はどうしても首をかしげざるを得ないンです。

19〜20年『やすらぎの刻〜道』名倉修平（名高達男）

死には逝く死と、遺される死と、二つの形の死があると思うンです。逝く側の死には勿論覚悟が要りますが、遺される側の死にも覚悟が必要です。

17年『やすらぎの郷』名倉修平（名高達男）

死は誰の上にもね、平等に来るよ。俺にも、こゝにいる誰の上にもね。死を恐れるなって、——悟った人は云うけど——、そうはいかないよな。恐いよな。何がどうなるのか、誰も知らないンだもンな。みんな恐いンだ。当り前だ。お前は笑いでごまかそうとしてるけど、——そんな必要ない。遠慮なく恐がれよ。恐がって震えろよ。震えた方が、カッコ良いぜ。

19〜20年『やすらぎの刻〜道』菊村栄（石坂浩二）

自分が植物状態になって、意識も何もなくなっているのに、——老いさらばえた自分の体を、人目にさらして生きているのはイヤです。

19〜20年『やすらぎの刻〜道』菊村栄（石坂浩二）

自分も程なく老いて朽ちる。その朽ち方を最近沁々と、一人考えることが多くなった。周囲の人に迷惑をかけ、厄介者となって死ぬのはイヤだ。そんな時思い出す一本の樹があった。それはいつだったか北海道で見た、一本の桂の巨木だった。それは原生林の奥にあって、樹齢凡そ400年。朽ちかけ、しかし凛と立っていた。あの樹のように、私は死にたい。誰からも悲しまれず、誰からも忘れられて。

19〜20年『やすらぎの刻〜道』菊村栄（石坂浩二）

人が死ぬときの問題は、その人が本当に〝納得〟したか、どうかだと。

19〜20年『やすらぎの刻〜道』高井秀次（藤竜也）

死んだら魂はどこ行くンじゃろ。ここへこのまま眠るンじゃろうか。それとも――ジャパンに帰って行くンかねえ。

83年『波の盆』山波ミサ（加藤治子）

だから一つだけ約束してくれ。俺ぁ死ぬ覚悟はいつだって出来てる。だけど苦しむのは絶対御免だ。だから最後は、——楽に死なしてくれ。延命治療とかそんなのは御免だ。苦しまねぇうちに、楽にしてくれ。

08年『風のガーデン』二神達也（奥田瑛二）

楽しかったこと。笑い合ったこと。恋をしたこと。夢を語ったこと。それら全てが死の瞬間に、死んだ者からは一切が飛ぶのだ。しかし。死んで行った者にはそうかもしれないが、生き残った者には記憶が残る。残った記憶が、心から離れない。

19～20年『やすらぎの刻～道』菊村栄（石坂浩二）

人間の脳にはさ、記憶の入ってる箱があるのね。そう。それでその箱の容量を超えると、もう入る場所がないじゃない？　だから神様がこれはもう特に覚えてる必要がないなって思ったものからどんどん捨てて忘れるようにするのよ、それが物忘れ。箱自身が腐ってきて中にある記憶までどんどんどっかに流れ出して消えちゃう、これが認知症。

脳の断捨離。

17年『やすらぎの郷』水谷マヤ（加賀まりこ）

はっきりと死を宣告されて、動揺しない人間などいません。いたとしたら化け物だ。それは勇気でもなんでもない。

72〜73年『赤ひげ』新出去定（小林桂樹）

人って二回死ぬって言葉きいたことある？　二回死ぬんだって。一度目はね、肉体的に死んだ時、二度目は人に完全に忘れられた時なンだって。肉体的に死ぬのは仕様がないけどさ、忘れ去られるってのは一寸辛いよね。

19〜20年『やすらぎの刻〜道』水谷マヤ（加賀まりこ）

私はお医者様を——人の苦しみを最小限におさえてくれる方と思っています。ちがいますか。

72〜73年『赤ひげ』おこう（音無美紀子）

一人の人間がこの世から消える。それでも昨日と全く同じに、いつもと変らぬ時が動いてゆく。

90年『火の用心』神代平吉（木梨憲武）

第7章　創るということは遊ぶということ

倉本聰は、60年以上もテレビと芸能界を内側から見つめてきた。そんな「生き証人」の目に、現在のテレビはどう映っているのか。『やすらぎの郷』（テレビ朝日、2017年）で、芸能界のドンと呼ばれる加納英吉（織本順吉）が憤っていた。「テレビが出た時、わしはこの機械に、自分の未来を賭けようと思った。テレビはあの頃、輝いていた。なア先生。汚れのない真白な処女だったぜ。それを、銭儲けばかり考えて、売女（ばいた）に堕（お）したのは一体誰だ――！」。

倉本が脚本を書く時、最も大事にしている作業が、登場人物の「履歴」作りだ。いつ生まれ、どのように育ち、誰と出会い、何をしてきたのか。まるで実在の人物を扱うように詳細な履歴書を作成していく。

ドラマの中で、それぞれの過去を持つ人物同士が出会う。そこで生まれる化学反応こそが物語を動かす力だ。「樹は根に拠って立つ。されど根は人の目に触れず、一見徒労なその作業こそが、ドラマを生み出す根幹なのだ」と、『やすらぎの刻〜道』(テレビ朝日、2019〜20年)の主人公、脚本家の菊村栄(石坂浩二)も言っている。

愛用の200字詰め原稿用紙を、ひと文字ずつ、特徴のある書体で埋めていく倉本。そうやって、ゼロから何かを生み出す恍惚と不安を味わい続けてきた。『玩具の神様』(NHK—BS2、1999年)の偽脚本家、ニタニツトム(中井貴一)が色紙に記している。「創るということは遊ぶということ」。倉本こそ、永遠の「ホモ・ルーデンス(遊ぶ人)」である。

1　スターは人から見られる商売。役者は人を観察するのが仕事——芸能とは

あの娘がのびるかのびないかってのは、要は、マスコミがのるかのらないかさ。そういう資質があるかないかさ。

79年『祭が終ったとき』駒見（寺田農）

いわゆる一般大衆にとってはね——有名とはそれだけでしあわせにみえる。有名なものの中に不幸を見ると、それだけで何かホッとできるンだな。

79年『祭が終ったとき』五代信介（岡田真澄）

映画ってのは面白えかつまンねえか。役者にとってはその役が、やり甲斐あるかやり

甲斐ないかだよ。

79年『祭が終ったとき』山川洋平（荒木一郎）

出世したとき少女は変る。周囲も変るが本人も変る。少女の責任ではないかもしれない。しかし少女の言動一つの周囲に与える影響力が変れば、少女はやはり変ったことになる。それがスターの悲劇かもしれない。自分はちっとも変ったつもりはない。しかし周囲は変ったと思う。傲慢になったと人々は思う。わかってもらえないもどかしさにいらつき、少女はますます傲慢になっていく。

79年『祭が終ったとき』庄司要（竹脇無我）

女優を口説くには理屈より色気よ。

17年『やすらぎの郷』井深涼子（野際陽子）

スターは人から見られる商売。役者は人を観察するのが仕事さ。見られることを過剰に意識して、かくれようかくれようとしているのがスター。或いはタレントといわれる連中。逆に人間がどういうものか、常に観察してるのが役者さ。役者の命はマンウォッチングだからね。

17年『やすらぎの郷』菊村栄（石坂浩二）

スターは人から見られるもンだ。だけど役者は人を見るもンだ。見て、観察して、――伸びてくもンだ。自家用車の中から人を見ちゃいけない。

79年『祭が終ったとき』吉松孟（小野武彦）

だいたい他人を裁く権利が、いつからマスコミに許されたのかね。それも刑事じゃない。民事においてもだ。しかも大衆が寄ってたかって、物のいえない弱者をいびりあげる。

82年『ガラスの知恵の輪』井上（下條正巳）

誰かが——週刊誌にいいつけたらしいンです。誰か——知らない——関係ない人が。悪いこと？　好きな人と逢うのが、犯罪みたいなこと？

82年『ガラスの知恵の輪』安西ユカ（大竹しのぶ）

どんな恩人でもどんな義理でも——チャンスのためには踏み台にする。——それがこの世界の生きるための術だ。

84年『昨日、悲別で』京田又三郎（荻島真一）

どんなに惚れてる好きな娘がいても、それと仕事とは絶対切りはなす。世間には、自分の惚れた女優をいい役につかせたりする演出家もいるがな——そういうことだけは絶対してない。仕事というのはそういうもンじゃない。

84年『昨日、悲別で』京田又三郎（荻島真一）

名のみ残ってお偉くなって。むしろああいう連中こそが、今のテレビを一番悪くしてるンじゃないか？

79年『祭が終ったとき』駒見（寺田農）

日本の芸能界のまちがってるところは——貧しい者と程度の低いやつを一緒くたにして——一般大衆って呼んでることだ。それはちがう。——絶対にちがう。

79年『祭が終ったとき』山川洋平（荒木一郎）

日本のスターは大衆より先にマスコミが集まってつくりあげるンだ。神話をつくりあげ、紙面を埋め、マスコミを儲けさせ、ビルを建てさせ、そうして今度はその神話をぶちこわすために、よってたかって、みんなで足を引っぱる。

79年『祭が終ったとき』駒見（寺田農）

マスコミっていうのも残酷なもンですね。

76年『大都会　闘いの日々』平原春夫（粟津號）

役者は仕事で名をあげりゃいいの。そしたら自然に有名になるの。グラビアなンかに出なくたって、なる人はちゃんと有名になれるの。

79年『祭が終ったとき』山下岩男（小松政夫）

2 銭儲けばかり考えて、売女に堕したのは一体誰だ——テレビとは

あれはあの時代のカツドウ屋の姿だった。世間の人が笑うかもしれない、他愛ない夢に命をかけて、人を楽しませる為、感動させる為、全力をそそいで物を創った時代。テレビだって最初はそうだったのだ。それを今のようなテレビにしてしまったのは、誰の責任でもない。私自身を含む今のテレビ人の責任だ。自分たちが変らねばテレビは変らないのだ。

19〜20年『やすらぎの刻〜道』菊村栄（石坂浩二）

今の人々は別に何も思わず、面白かったか面白くなかったか、ただ、それだけで終わってしまうだろう。テレビ局はそれが視聴率を稼いだかコケたか、そのことだけに一喜

一憂し、乾盃するか、台本もろとも屑カゴに投げ捨てて早く忘れてしまおうとするのか。そのどっちかをするだけだろう。

17年『やすらぎの郷』菊村栄（石坂浩二）

おれはテレビに食わしてもらってきたからよ、変にテレビに恩義を感じてンだ。テレビがひでえ扱われ方してるの見ると、——何だか、昔憧れた女が——陵辱されるのを見てる気がする。テレビはお前、——。熟れた女だよ。昔ァ若くて、ピチピチしてたンだ。

99年『玩具の神様』黒岩修介（坂本長利）

各局そうなンだけど、相も変わらずゴールデンに頼った、つまり若者の視聴率に頼った昔ながらのゴールデン神話、これもうそろそろ崩壊してるンじゃないかって、テレビは高齢者を対象にしないと生き伸びられないンじゃないかって。

17年『やすらぎの郷』石上五郎（津川雅彦）

芸術的価値とか創造性とか、批判とかさまざまな苦渋の過程とか、それらは全て視聴率という数字、すなわち経済的結果の前に見事にひれ伏し、忘れ去られる。

99年『玩具の神様』二谷勉（舘ひろし）

昨今テレビは若年層に乗っ取られ、恥ずかしながら我々テレビ局員も大手プロダクションの顔色をうかがって向こうの云いなりになるばかりの何とも情けない状態です。しかもプロダクションは若い才能を使える時だけ使ってすぐ使い捨てる。昔はしっかりした映画会社がきちんと夫々に役者を養成し、商品にしてから世に出した。こちらにいらっしゃる俳優さんたちはそうした時代の生き残りの方々ですし、実はそういう方々こそが今のテレビを創った方々です。

19～20年『やすらぎの刻～道』柳年男（小木茂光）

ジェネレーションギャップじゃありませんよ。単なるあんたらのオゴリと品の無さと、――目上をうやまわない無礼な態度ですよ。テレビの視聴者をなめちゃいけません。早くテレビから消えて下さい。

19～20年『やすらぎの刻～道』高井秀次（藤竜也）

テレビが出た時、わしはこの機械に、自分の未来を賭けようと思った。テレビはあの頃、輝いていた。なア先生。汚れのない真白な処女だったぜ。それを、銭儲けばかり考えて、売女に堕したのは一体誰だ――！　テレビは古典をいくつ生んだかね。この国では文化が――文化が――。

17年『やすらぎの郷』加納英吉（織本順吉）

テレビがね君、テレビが視聴率競争の末に、どんどんどんどん俗悪化してって、ついに一九八〇年、政府は君、国民のこれ以上の白痴化を防ぐために、思い切ってテレビ禁止令を出す！

74～75年『6羽のかもめ』清水部長（中条静夫）

テレビは、すばらしい箱だったねぇ。あんなちっぽけな四角い箱が――惨めな敗戦から立ち直るのに、日本人にどれだけ夢をくれたもンか。

17年『やすらぎの郷』加納英吉（織本順吉）

テレビは世論。ネッ。テレビは世論。支持率の高いほうが正しいことになるの。わかるねッ。

74～75年『6羽のかもめ』清水部長（中条静夫）

果たしてテレビは彼らの夢かけた一生に、――報いることがあったのか。テレビは彼らに何かをしたのか。

17年『やすらぎの郷』菊村栄（石坂浩二）

テレビを今みたいに駄目にしたのは、そもそもテレビ局そのものだからさ。

17年『やすらぎの郷』菊村栄（石坂浩二）

二年間テレビからはなれてたくせに！――見てるだけの人には何だっていえるわよ！偉そうになによ！　冗談じゃないわよ!!

74～75年『6羽のかもめ』犬山モエ子（淡島千景）

一つの番組の打上げパーティーの規模は視聴率によって著しく差が出る。失敗した番組の打上げパーティーは、小さく、貧しく、寒々と終り、当った番組のパーティーの場合は、華麗に賑々しくいつまでもつづく。

99年『玩具の神様』二谷勉（舘ひろし）

本当に見たい視聴者なら今は録画して後で見ますよ。その数字は視聴率調査には殆んど出てきません。調査会社は録画された数字を総合視聴率みたいな云い方で一応公表してるフリをしてますが、それはあくまでフリだけです。録画されたものは再生して見る時にコマーシャルをスキップしてしまいますからね。つまり現在の視聴率調査は番組に対する視聴率調査じゃなくて、いわばコマーシャル視聴率調査なンです。

19〜20年『やすらぎの刻〜道』菊村栄（石坂浩二）

だがな一つだけいっとくことがある。（カメラのほうを指さす）あんた！　テレビの仕事をしていたくせに、本気でテレビを愛さなかったあんた！（別を指さす）あんた！——テレビを金儲けとしてしか考えなかったあんた！（指さす）あんた！　よくすることを考えもせず偉そうに批判ばかりしていたあんた！（指さす）あんた！　それからあんた！　あんた!!　あんたたちにこれだけはいっとくぞ！　何年たってもあんたたちはテレビを決してなつかしんではいけない。あの頃はよかった、今にして思えばあの頃テレビは面白かったなどと、後になってそういうことだけはいうな。お前らにそれをいう資格はない。なつかしむ資格のあるものは、あの頃懸命にあの情況の中で、テレビを愛し、闘ったことのあるやつ。それから視聴者——愉しんでいた人たち。

74〜75年『6羽のかもめ』作家（山崎努）

3 我々は心の洗濯屋なのだ──ドラマとは

局がそういう風に仕向けるンだろうけど、今のホン屋は人を書くことより、筋が大事だとカンちがいしてるからな。視聴者は本当は筋を追うより、人間を描くことを求めてるンだけどな。

17年『やすらぎの郷』菊村栄（石坂浩二）

こういう時の脚本家の気持は、多分誰にも判るまい。脚本家の空しさは通常ならば、完成した台本をプロデューサーに渡し、彼の手から演出家、役者、スタッフたちへと流れ、自分の意図とは少しずつ狂いながらそれが勝手に料理されて行くことだ。それはある時は脚本家を傷つけ、逆らえない口惜しさに唇をかみしめさせた。しかし今回はそれを味わわずにすむ。今回のシナリオはこゝで終りなのだから。誰の目にも触れず、こゝまでなのだから。私の仕事はこれでもう終ったのだ。

19〜20年『やすらぎの刻〜道』菊村栄（石坂浩二）

心を尽して役を書き、その為には一種の擬似恋愛までした数多くの女優たち、役者たち。

17年『やすらぎの郷』菊村栄（石坂浩二）

視聴率に媚び、心を失い、創造の魂を失ってしまったテレビ作家たちの昨今の姿勢には、ほとほと絶望を感じるのみだ。心ある作家たちはテレビを捨てた。正岡貢、内藤悠子、下条敬介、二神秀夫。かつて光るものを放ったテレビドラマの旗手たちは、つぎつぎとテレビを捨て小説に走った。

99年『玩具の神様』黒岩修介（坂本長利）

昭和57年秋の芸術祭であなたの私に書いてくれた〝波濤〟の絹子で私が受賞してそのパーティであなたがしゃべったスピーチの言葉。場所はプリウスホテル蛍の間。日にちは11月28日。〝自分はドラマを書く時に、役者さんに必ず本気で惚れます。この作品は白川冴子に惚れて書いた、白川冴子へのラブレターでした〟

17年『やすらぎの郷』白川冴子（浅丘ルリ子）

ドラマがいいンじゃない。青春がいいンだ。

90年『火の用心』神代平吉（木梨憲武）

一人の人物を書こうとする時、その人物の生まれた所から、場所、背景となるその時代、その人物に起こった様々な出来事を、細かいことごとまで考えこみ、書きこむ。その人物が影響を受けた出来事。人格形成にひびいたと思われること。傷ついた出来事、楽しかった出来事。影響を与えた人との出逢い。そして別れ。直接ドラマ上に出てくるわけではないが、それらの些細な出来事の積み重ねが、その人物の性格をつくって行く。

それらは現実のシナリオの中で、直接表面に出てくるものではないが、人物の内面を形成するものとして極めて重要であり、不可欠の作業だ。一人一人のそうした造形が、他の人物と出逢った時に、そこに発生する化学作用がドラマを生み出す要因となる。樹は根に拠って立つ。されど根は人の目に触れず、一見徒労なその作業こそが、ドラマを生み出す根幹なのだ。

19〜20年『やすらぎの刻〜道』菊村栄（石坂浩二）

昔、先輩に云われたことがあるよ。あそこに一本の樹があるだろう？　あの樹が見事だから根元から伐って、自分の庭に移そうとする。でも樹は立たないさ。根がないからね。樹は根があって初めて立つのさ。でも根は見えない。だから根のことを忘れてしまう。忘れて枝ぶりや、葉っぱや花や実や、そういうものばかりを大事にしてしまう。今のドラマの悪いとこはそこだよ。それじゃ良いドラマは出来るわけないだろう？

17年『やすらぎの郷』菊村栄（石坂浩二）

我々、映画やテレビにたずさわる者の、やるべき仕事とは何なのか。それは――人々の心をわずらわしている日頃の苦しみや悲しみや憂さを、きれいに洗い流し、一刻（いっとき）忘れさせ、〝感動〟という二文字で包んであげることだ。我々は心の洗濯屋なのだ。

17年『やすらぎの郷』菊村栄（石坂浩二）

4　美は利害関係があってはならない――創るとは

アリストテレスの美学の中にこういう言葉が書かれています。〝美は利害関係があってはならない〟

99年『玩具の神様』ニタニツトム（中井貴一）

今は何でもコンピューターでしょ、照明も音響も美術のデザインも。耳で仕事する筈の音響の奴らまで、機械の波長を目で見てやがる。あれじゃ本当の仕事は出来ねぇや。

17年『やすらぎの郷』柿原一平（村田雄浩）

書いた作品が知らず知らずに、人を傷つけてしまうことがある。物書きが絶対。してはならぬこと。

17年『やすらぎの郷』菊村栄（石坂浩二）

書くということは、即ち生きるということなのだ。

19〜20年『やすらぎの刻〜道』菊村栄（石坂浩二）

明日があるなンて絶対思うな。今日書かなかったら明日はもう書けない。

99年『玩具の神様』ニタニツトム（中井貴一）

文章って、売れれば何でも書いていいの？　どんなに人を搏つ文章だって――百万人を感動させたって――誰か一人を傷つけたとしたら――。そんなの私認めないよ。

79年『祭が終ったとき』北林いつか（桃井かおり）

ラジオドラマでも、新劇の舞台でも――みんながコツコツと手づくりでこさえたンだ。

手づくりなンてあンた、今の世にあるのかね。

72年『父ちゃん』木塚乙吉（伴淳三郎）

創るということは遊ぶということ。

99年『玩具の神様』ニタニツトム（中井貴一）

おわりに

倉本聰の名前を初めて意識したのは、石坂浩二と浅丘ルリ子が共演したドラマ『2丁目3番地』（日本テレビ、71年）だ。当時、脚本家というものを知ったばかりの高校生だったが、複数の書き手（向田邦子や佐々木守も）の中に倉本がいた。その後の『勝海舟』（NHK、74年）、『前略おふくろ様』（日本テレビ、75〜76年）、『うちのホンカン』（北海道放送、75年）などは、当然「倉本ドラマ」として視聴するようになった。

実は、小学3年生の時の『現代っ子』（日本テレビ、63年）に始まり、アニメ『0戦はやと』（フジテレビ、64年）、『青春とはなんだ』（日本テレビ、65〜66年）、『これが青春だ』（同、66〜67年）、『文五捕物絵図』（NHK、67〜68年）など、少年時代からそれと知らずに倉本作品を見ていたのだ。

やがて番組制作会社「テレビマンユニオン」に参加したのが81年。この年の秋、連続ドラマ『北の国から』の放送が始まる。まさか2年後に、芸術祭ドラマ『波の盆』(製作=日本テレビ/テレビマンユニオン)の現場で、ご本人にお会いするとは思ってもいなかった。

それ以来、勝手に師事して37年になる。理屈抜きで「永遠に頭の上がらない」存在は、常に仕事や生き方の指標となった。さらに一人の視聴者としても、60年近くリアルタイムで倉本ドラマと〝並走〟できたことが嬉しい。

この新書を編むきっかけは、2017年秋から翌年12月にかけて行った、倉本聰への連続インタビューである。半年間『日刊ゲンダイ』に連載し、19年2月に出版した共著『ドラマへの遺言』(新潮新書)のベースとなったものだ。

その過程で、倉本脚本のほとんどを読み直した。中には遠く60年前の作品もあったが、いずれも記された言葉は古びるどころか、今こそ実感できるものとして、こちらに迫ってきた。そして様々なことを考えさせてくれた。一つ一つの台詞が、いわば「人生のヒント」であり、作品全体が「名言の宝庫」だったのだ。ぜひ次代に伝えなければと思った。

20年1月に85歳となった倉本は、最長老というだけでなく、堂々の現役脚本家だ。しかも19年4月にスタートした最新作『やすらぎの刻～道』(テレビ朝日)は、1年間、平日に毎日放送する大作であり、過去と現在、二つの物語が同時進行する野心作でもあった。85歳の野心作！　倉本が「最後の連ドラ」と覚悟して臨んだこの作品からも、多くの名言を選んでいる。

前著に続いて、この本の企画を快諾してくださった倉本先生(普段はそう呼んでいる)と、再び担当していただいた新潮新書編集部の北本壮さんに、あらためて感謝いたします。ありがとうございました。

２０２０年2月23日　母90歳の誕生日に

碓井　広義

掲載作品一覧

『文五捕物絵図』１９６７年～１９６８年、ＮＨＫ
『わが青春のとき』１９７０年、日本テレビ
『君は海を見たか』１９７０年、日本テレビ
『2丁目3番地』１９７１年、日本テレビ
『舷燈』１９７１年、ＮＨＫ
『ひかりの中の海』１９７１年、日本テレビ
『赤ひげ』１９７２年～１９７３年、ＮＨＫ
『父（とん）ちゃん』１９７２年、ＴＢＳ
『ぜんまい仕掛けの柱時計』１９７２年、ＮＨＫ

『風船のあがる時』１９７２年、北海道放送
『ガラス細工の家』１９７３年、日本テレビ
『りんりんと』１９７４年、北海道放送
『６羽のかもめ』１９７４年〜１９７５年、フジテレビ
『うちのホンカン』１９７５年、北海道放送
『あなただけ今晩は』１９７５年、フジテレビ
『前略おふくろ様』１９７５年〜１９７６年、日本テレビ
『大都会　闘いの日々』１９７６年、日本テレビ
『幻の町』１９７６年、北海道放送
『ひとり』１９７６年、北海道放送
『前略おふくろ様 Ⅱ』１９７６年〜１９７７年、日本テレビ
『あにき』１９７７年、ＴＢＳ
『時計』１９７７年、北海道放送
『浮浪雲』１９７８年、テレビ朝日

掲載作品一覧

『坂部ぎんさんを探して下さい』１９７８年、読売テレビ
『たとえば、愛』１９７９年、ＴＢＳ
『祭が終ったとき』１９７９年、テレビ朝日
『遠い絵本』１９７９年、北海道放送
『年の始めの』１９７９年、ＮＨＫ
『機の音』１９８０年、日本テレビ
『さよならお竜さん』１９８０年、毎日放送
『北の国から』１９８１年〜１９８２年、フジテレビ
『ガラスの知恵の輪』１９８２年、毎日放送
『北の国から'83 冬』１９８３年、フジテレビ
『波の盆』１９８３年、日本テレビ
『昨日、悲別で』１９８４年、日本テレビ
『北の国から'84 夏』１９８４年、フジテレビ
『ライスカレー』１９８６年、フジテレビ

『北の国から'87 初恋』1987年、フジテレビ
『北の国から'89 帰郷』1989年、フジテレビ
『失われた時の流れを』1990年、フジテレビ
『火の用心』1990年、日本テレビ
『北の国から'92 巣立ち』1992年、フジテレビ
『北の国から'95 秘密』1995年、フジテレビ
『北の国から'98 時代』1998年、フジテレビ
『玩具の神様』1999年、NHK—BS2
『北の国から2002 遺言』2002年、フジテレビ
『優しい時間』2005年、フジテレビ
『拝啓、父上様』2007年、フジテレビ
『風のガーデン』2008年、フジテレビ
『やすらぎの郷』2017年、テレビ朝日
『やすらぎの刻〜道』2019年〜2020年、テレビ朝日

資料書籍一覧

『倉本聰コレクション』全30巻（理論社、1983年〜1985年）
『北の国から』前後編（理論社、1981年）
『北の国から'83 冬』（理論社、1983年）
『北の国から'84 夏』（理論社、1984年）
『北の国から'87 初恋』（理論社、1987年）
『北の国から'89 帰郷』（理論社、1989年）
『北の国から'92 巣立ち』（理論社、1992年）
『北の国から'95 秘密』（理論社、1995年）

『北の国から'98 時代』（理論社、1998年）
『北の国から2002 遺言』（理論社、2002年）

『わが青春のとき』（理論社、1982年）
『君は海を見たか』（理論社、1982年）
『ライスカレー』（理論社、1986年）
『火の用心』（理論社、1990年）
『失われた時の流れを』（理論社、1990年）
『玩具の神様』（理論社、2000年）
『優しい時間』（理論社、2005年）
『拝啓、父上様』（理論社、2006年）
『風のガーデン』（理論社、2008年）
『やすらぎの郷』全3巻（双葉社、2017年）
『やすらぎの刻〜道』全5巻（双葉社、2019年〜2020年）

雄井広義　1955(昭和30)年、長野県生まれ。メディア文化評論家。博士(政策研究)。慶大法学部卒業。テレビマンユニオン・プロデューサーを経て2020年まで上智大学教授。著書に『ドラマへの遺言』など。

Ⓢ新潮新書

853

倉本聰(くらもとそう)の言葉(ことば)

ドラマの中(なか)の名言(めいげん)

編　者　碓井広義(うすいひろよし)

2020年３月20日　発行

発行者　佐　藤　隆　信

発行所　株式会社新潮社

〒162-8711　東京都新宿区矢来町71番地
編集部(03)3266-5430　読者係(03)3266-5111
https://www.shinchosha.co.jp

印刷所　錦明印刷株式会社

製本所　錦明印刷株式会社

ISBN978-4-10-610853-2　C0274

価格はカバーに表示してあります。

新潮新書

661 フジテレビはなぜ凋落したのか 吉野嘉高

視聴率の暴落、開局以来初の営業赤字、世論の反発……かつての〝王者〟に一体何が起きたのか。元プロデューサーが、その原因を徹底分析。巨大メディア企業の栄枯盛衰を描く。

088 テレビの嘘を見破る 今野勉

旅の初日に釣れても、最終日に釣れたと盛り上げる釣り番組。帰路で車の向きを変え、往路の風景を撮る秘境紀行――。作り手の嘘を繙くと見えてくる、テレビ的「事実」のつくられ方！

341 テレビ局の裏側 中川勇樹

なぜカメラは事件を〝目撃〟できる？ なぜあの人気キャスターが降板に？ テレビが生み出す格差とは？ スポンサーはどれほど強い？ 明るい画面のすぐ裏を非難覚悟で実況中継。

753 新聞社崩壊 畑尾一知

十年で読者が四分の一減り、売上はマイナス六千億円――。舞台裏を全て知る元朝日新聞販売局の部長が、限界を迎えつつある新聞ビジネスの窮状を、独自のデータを駆使して徹底分析。

846 「反権力」は正義ですか ラジオニュースの現場から 飯田浩司

「権力と闘う」己の姿勢に酔いしれ、経済や安全保障を印象と感情で語る。その結論ありきの報道は見限られてきていないか。人気ラジオパーソナリティによる熱く刺激的なニュース論。